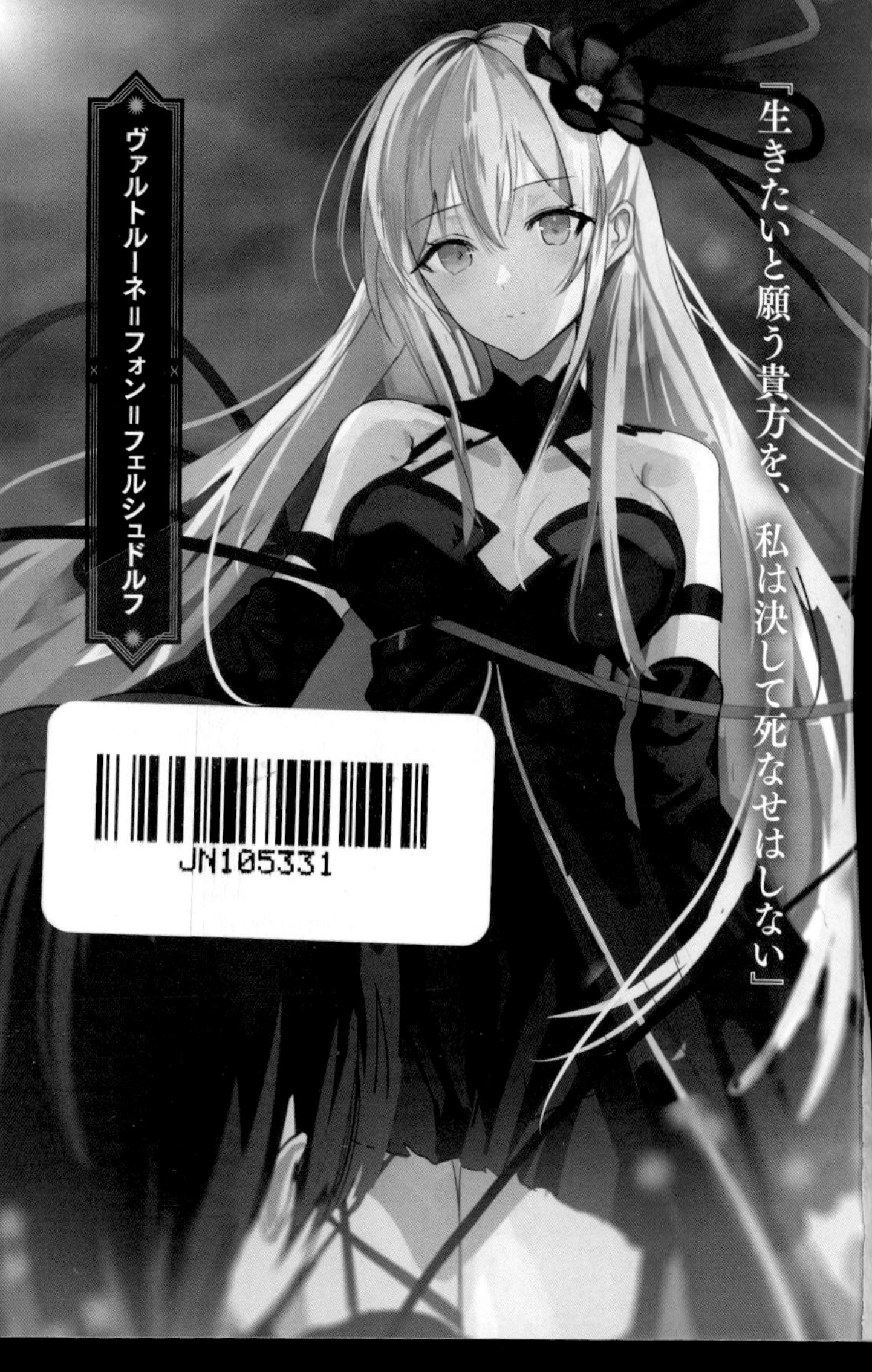
『生きたいと願う貴方を、
私は決して死なせはしない』
ヴァルトルーネ＝フォン＝フェルシュドルフ
JN105331

アルディア＝グレーツ
スティアーノ＝レッグ

アンブロス
ペトラ＝ファーバン
ミア

「俺は……貴女だけの騎士となります」
王国最強の騎士だったアルディアは
帝国皇女ヴァルトルーネの前に跪き、
そして忠誠を誓う――。

「ええ……よろしく頼むわ」

リツィアレイテ
立ちはだかる強敵を目の前に、
二人の騎士は覚悟を決める。

「殿下の敵は全て討ち滅ぼす！」
「はい！　一気に決めます！」

CONTENTS

イラスト：GreeN

反逆者として王国で処刑された隠れ最強騎士 1

蘇った真の実力者は帝国ルートで英雄となる

相模優斗

OVERLAP

イラスト／GreeN

プロローグ

1

聞きたくもない悲壮な声が頭の中で響き続けた。

悪夢のように終わらない戦禍の中で焦がされた者たちの心からの叫び。彼らが死に絶えようとも、俺の心の中で——頭の中で彼らの声は、呪いのように刻まれ、消えない。

『アル、お前だけでも生き延びろ……』

親友は俺を庇い亡くなった。手に残った彼の血の臭いは、中々消えなかった。

『逃げなさい。アンタを逃す時間くらい私が稼いでみせるわ！』

誰よりも勇敢だった彼女は、迫りくる数多の敵に立ち向かい、そのまま帰ってこなかった。普段は棘のある物言いをしてきたくせに、最後の瞬間に見せた晴れやかな微笑みは、脳裏に焼き付いたまま離れてくれない。

『あ〜あ、アルっちと戦う前に、こんなんなっちゃった……はぁ、本当にダサいったら……ないなぁ』

彼女は俺の目の前で倒れ……そのまま起き上がることはなかった。争いを好むような性格ではなかったはずだ。そんな彼女を死に至らしめたのは自国の兵である。ぶつけどころのない悲しみだけが心に積もった。

『アルディア、後のことはお前に任せるぞ』

砦（とりで）を守っていた無骨な大男は、仲間を逃すために犠牲となった。

俺の大切な友人たちは皆、死んでいった。

助けることもできず、ただその最期を見守るばかり。

どうして……どうしてこんなに苦しい思いを何度も味わわなければならないのか。俺は死んでいった彼らを救うために、何かできたはずだった。

『そう……ここで、私は終わるのですね……あの方は、私がいなくて……大丈夫でしょうか』

敵将の一人は最期まで誇り高く、味方の騎士たちよりも、親身に接してくれた。けれども、彼女の死を手厚く弔うことは許されなかった。

敵国の皇女は……死ぬ間際にとびきりの笑顔を向けてきた。

『アルディア……ありがとう。最期に話せたのが貴方（あなた）で良かったわ』

自分の命が尽きるというのに、俺と話せて良かった？　そんなこと……言わないで欲しかった。

抱いてはいけない想（おも）いを最期の最期に芽生えさせ、彼女は逝った。

――非力な俺は、誰一人として救うことができなかった。ただ目の前に広がる戦場で戦い、敵を斬ることしか能のない愚か者。

大切な人を一人も守れないで、何が騎士だ。

命を奪うだけで、他に何も生み出せない。

過ちだらけの歴史を積み重ねては崩すことを繰り返し、取り返しのつかないところまでやってきて、ようやく気が付いた。


『俺は、何を目的に戦ってきたんだろうか……？』と。


ああ、本当に愚かだった。

拭いきれないほどに染み付いた血の臭いは、この身に深く刻まれた。多くを失い、多くを失わせ、果たして生きている意味があるのだろうかと考えさせられた。

だがそれでも、俺は殺しを続けた。

もう引き返せないところまで来てしまっていたから。

前に進む以外に選択肢などなかったから。

……その選択が大きな間違いだった。

どこかで俺は、足を止めるべきだった。そうしていれば、もしかしたら――俺の未来は、今と違ったものになっていたかもしれない。


「被告、アルディア＝グレーツ。貴殿は、国家反逆罪の疑いが持たれている。異論はあるか？」

——ああ、これは俺も死ぬのだろうな。

レシュフェルト王国の最高裁判所内には、酷く冷たい空気が流れていた。初老の男から静かに呼ばれた名前。アルディア＝グレーツとは、俺のことである。

国家反逆罪の疑いをかけられた俺は、裁判とは名ばかりの一方的な断罪の場面に遭遇している。異論反論なんてものは、最初から認められていない。

反逆の罪は既に確定。あとは、俺がその罪状に頷くだけで処罰が決定する。

「…………」

「アルディア＝グレーツ。何も喋らないということは、反逆罪を認める……ということで良いのだな？」

——馬鹿なことを。何か喋ったところで、この裁判所内にいる誰かしらがそれを遮って、主張なんて許さないくせに！

ため息を吐くことさえ許されない空気に、俺は心底うんざりしていた。

虚ろな瞳で周囲を見渡す。

ほら……俺の味方なんて誰もいない。

周囲を囲む王国民が向けてくる視線は、どれも悪意を含んだものばかり。

——戦争はもう終わったというのに、彼らは何も変わらない。

いっそのこと戦争が続いていた方が、マシだったかもしれない。不謹慎ながら、そんなことを考えてしまった。

レシュフェルト王国は、つい数ヶ月前まで戦争をしていた。

戦争の相手は、北の大国であるヴァルカン帝国。

王国との戦争に敗戦するまで、帝国はこの世界で最も大きな国だった。しかし王国と共同戦線を張っていた各国が、帝国領への侵略を行い、帝国は滅亡した。

そんな帝国にも、生きるべきだと思えるような人がいた。こんな王国の非情な民衆などより遥かに優しく、誰よりも国の未来を案じていた方。

『ヴァルトルーネ＝フォン＝フェルシュドルフ』

今は亡き帝国の皇女であり、俺は彼女に命を救われたことがあった。

雪のように白い髪と、青く綺麗で強い眼差しが印象的な女性だった。しかし、残念ながら、彼女は既にこの世にはいない。彼女は斬首刑によって、その短い生涯を終えたのだ。敗戦国の皇女だったが、彼女は最期の瞬間まで気高く、凛々しい表情だった。

――彼女には、一秒でも長く生きていて欲しかった。

戦時中、火花が舞い散る戦地にて、俺は何度かヴァルトルーネ皇女と遭遇することがあった。敵国の者同士。殺し合う運命を互いに持ち、偶然にも彼女の姿を何度も視界に捉えることができた。

最初は、心の底から殺してやろうと思っていた。帝国の旗印を、自国のために討とうとした。しかしその目論見は、簡単に果たせるものではなかった。

『くらえっ……！』

『邪魔だ！　道を空けろ！』

『行かせないぞ』

『くっ……！』

帝国軍の布陣は非常に厚く、彼女のところに辿り着くまでに無数の傷を負ってしまった。手の皮は乱雑に破れ、剣を握ることさえ苦痛に感じる。顔中血だらけの状態で、視界も悪い。体中に激痛が走る。その苦しみに耐えながらも一歩、また一歩と進む様は、亡者と相違ない姿だったはずだ。

『う、ぐっ……』

足を引きずりながらも前へと進んだ。

行軍の速度は驚くほどに遅くなり、吐血も絶えない。戦場で共に戦っていたはずの仲間はもう誰もいない。彼らは全員死んでしまった。

そして俺も……皇女の前へ辿り着いた時には、帝国軍の兵士から受けた無数の傷で、死にかけている状態だった。

意識が朦朧とする。口の中は血の味で満たされ、瞳からは涙のように鮮血が滴る。おまけに敵兵の返り血もベットリ付着しており、黒いはずの鎧(よろい)が真っ赤に染まっていた。

思うように剣を振るうことができない。

……鈍重になった俺の剣が、彼女の首に届くことはなかった。

『まだ……俺は』

悔しさでいっぱいだった。しかし、何もできない。

『……まだ、死ねない、貴方はそう言いたいのよね？』

俺を見下ろすようにして、彼女は面前にしゃがんだ。

『……そうだ。まだ何も……成し遂げて、いない』

今にして思えば、どうしてそこまで生きようとしていたのか不思議だ。

何か目的があったわけではない。ただ敵を殺すことだけを考えていたくせに、『何も成し遂げていない』などと大層なことを言うなんて、確実に錯乱していた。

『はぁ……まだ俺は、戦え……る』

口だけはなんとか動くが、身体(からだ)は満足に動かせない。

皇女と交わした短い言葉が俺の最期の言葉となる。

そう思いながらも、必死に意識を保とうとし続けた。

『ああ、くそ……』

視界が急激に狭まる。

暗黒の中に呑(の)まれて、俺もまた亡者の仲間入りを果たすのだろうか。もう何も動かない……見えない……感じない。未練はまだ多くある。けれど、もう俺の生涯はここで終わりだと、そう感じていた。

——だが、俺の命は、そこで終わらなかった。

『生きたいと願う貴方を、私は決して死なせはしない。しっかりして。今から治癒魔法をかけるから』

敵軍の兵士である俺に、彼女は手を差し伸べてくれた。

微かに揺れる綺麗な白髪が瞳に映る。

『……何故、俺を……助ける？』

乾いた声を絞り出し、その理由を尋ねる。

『それは……そうね。過去の恩を返しているだけよ。他意はないわ。それに貴方はまだ死ねないのでしょう？　未来を望む貴方にとって、これはメリットなはず。甘んじて受け入れるべきことのはずよ』

それだけ告げ、俺の治療を終えると彼女はその場を立ち去った。

その後ろ姿は背格好以上に、とても大きく見えた。

俺と彼女の接点なんて、ほとんどなかった。王国と帝国の関係がまだ悪くなっていなかった頃、王都にある士官学校で、ほんの数分だけ言葉を交わした……本当にそれだけだ。

彼女に恩を売った覚えはない。だから、俺の方が彼女に借りを作ったように強く思えた。

『また会ったわね。どうする？　今度は殺し合いでもするの？』

戦地を転々としていると、度々ヴァルトルーネ皇女と顔を合わせることがあった。

彼女は自分に護衛を付けない。

高い身体能力と魔力、軍の指揮能力を活かして、最前線で戦っていた。とても、一国の皇女がすることとは思えない。けれども、生半可な兵士では、彼女に傷一つ付けることすらできないので、そのような振る舞いが認められたのだろう。

加えて、ヴァルトルーネ皇女率いる帝国軍は圧倒的に強かった。

各地で王国軍を次々に撃破していたのがその証拠だ。本来、敵である彼女のことを見つけ次第討つべきだった。しかし、俺にその気は、完全に無くなっていた。

『殺し合うつもりはない。命の恩人に剣を向けるような恥知らずじゃないからな』

彼女と対面すると、荒ぶる感情は自然と鎮まった。

『敵国の皇女に随分と優しいのね』

『それはこっちのセリフだ。敵国の兵士を治療する皇女なんて見たことも聞いたこともない……』

『ふふっ、それもそうね』

彼女の顔を見れば、たとえどんなに過酷な戦場であったとしても、俺の中にある殺戮衝動は瞬時に収まった。

——不思議な感覚だ。

恩人である以前に、ヴァルトルーネ皇女の纏う柔らかい空気感が心地よく、ピンと張った緊張の糸が解れる感覚が常にあった。きっと俺に向けてくる眼差しに、悪意が一切込められていないからだろう。

『昔から貴方は、全然変わってない。優しいままね』

『俺は優しくない。俺はただの人殺しだ……』

そう告げるが、彼女は首を横に振った。そして優しく微笑む。

『貴方は優しいわ。学園にいた頃、貴方と話したのは入学式前と卒業間際の一瞬だけだった。けれど、貴方が日頃積み重ねてきたものを、私は確かに知っている……そんな貴方だから、助けたのよ』

『……敵同士なのに、か？』

『ええ、敵同士だとしても、貴方を助けたくなってしまったのよ』

彼女の言葉は俺の頭の中にずっと残っている。

『でも、貴方を助けたことを、私は後悔していないから』

眩しいくらいに優しげな眼差しが、こちらをジッと見つめてくる。彼女の青く綺麗な瞳に目を奪われたのを、俺は決して忘れない。……この身が絶えようとも、この記憶だけは、決して消えることがない。この想いは永遠に続くことだろう。

2

「これより、アルディア＝グレーツの絞首刑を執り行う」

――ああ、こうもあっさりと俺の命は尽きるのか。

絞首台の上に乗せられた俺は、周囲の雑音を感じながら、唾を飲んだ。

渇いた喉は、内側から針にでも刺されているかのように痛み、胸の中には恐怖心よりも申し訳ないという気持ちが込み上げてくる。

――あの人に助けてもらった命をこんなところで。

「被告、アルディア＝グレーツは、戦前よりヴァルカン帝国の皇女、ヴァルトルーネ＝フォン＝フェルシュドルフと通じており、我が王国の情報を帝国に流していた。更に、終戦後、皇女の脱走の手引きにも関与している。その他にも――」

つらつらと俺の悪事を読み上げる審問官。

ありもしないことばかり。デタラメで、歪曲した情報が、さも正しいかのように読み上げられる。俺にかけられた多くの罪が心臓の鼓動を止めるための布石となり、のしかかった。しかし、それに対する痛みや悲しみなんてものは、とうの昔に麻痺し消えていた。

何も感じない――ひたすらに虚無でしかない。嘆く意味すら奪われたのだから。

「――以上。これらのことから、アルディア＝グレーツには死刑が妥当であるとの結論が出された。そして只今より、アルディア＝グレーツの絞首刑を執行する」

――ついに始まるのか。

人生の終わりが訪れようとしていた。

死刑執行官が俺の両脇に現れ、俺の首に頑丈なロープを括り付ける。

俺の足下の扉が開き、下へと落下すれば、晴れて死刑執行が完了する手筈だ。

本当に屈辱的だ。興味津々な民衆と、汚物を見るような目つきの貴族や王族が、その場で俺を注視する。

「俺は、なんでこんな……」

――本当に馬鹿なことをした。

ヴァルトルーネ皇女には、命を助けてもらった。それなのに、俺は最期まで彼女のために剣を振るうことを選ばなかった。

――それは何故か？

俺と彼女が敵同士だったからだ……それだけの理由でしかない。

敵国と対面した際、ヴァルトルーネ皇女だけは斬らなかった。けれども、戦場においてはそれなりの戦果を上げてきた。無数の帝国兵を殺した。休む時間すら削り、ひたすらに戦ってきた。今にして思えば、どうしてそんなに人を殺そうとしていたのかと自分を問い詰めたくなる。そんなことをして、何の意味があったのかと……聞きたくなる。

王国のために戦った一人の騎士は、皮肉にも反逆罪によって王国民に殺される。

「こんなことが……こんなことがあるか……俺は国を守るために戦ってきたのに。何もかもを奪われて、命まで奪われるのか……!?」

荒げた声に耳を貸す人物はいない。ただ喚き立てる往生際の悪い罪人程度にしか思っていないのだろう。

「ははっ、罪人はよく喋るなぁ」

「反逆者に発言権があると思ってるのか、こいつ」

「愚か者」

「お前なんか、この国にいらないっての！」

「さっさと死ね！　この売国奴がっ！」

罵詈雑言が飛び交う中で、俺はただその身を震わせた。荒れた呼吸を整え、唇を噛み締めた。こんなに怒りが湧いたのはいつぶりだろうか。

何を言おうと、俺の言葉が誰かの心に響くことはない。

「馬鹿馬鹿しい……俺は今まで何をしてきたんだろうな？」

――そういえば、と。死ぬ間際で、あることを思い出した。

差し出されたその細く綺麗な皇女の手が瞳に映った気がした。

『単刀直入に言うけど。貴方、帝国側に付いていてくれないかしら？　貴方とは戦いたくないの……違うわね、私は貴方のことが欲しいんだわ』

戦場にて、ヴァルトルーネ皇女と三度目の邂逅をした際、彼女から味方になれと言われたことがあった。だが俺は、彼女の提案を呑まなかった。

『……悪い。王国には友人や家族がいる。だから、帝国に寝返ることは……できない』

『そう……ごめんなさい。そうよね。貴方にだって事情があるわよね。この話は忘れて』

——結局、友人や家族は、戦乱の最中で目の前から消えた。

そして今、俺もこうして消えようとしている。

王国で戦う選択をした俺には、何も残らなかった。俺に優しくしてくれた敵国の皇女は呆気（あっけ）なく死んだ。親しかった友人たちは、度重なる戦禍に呑まれて、そのまま帰ってこなかった。

「……もう、俺には、何もない」

呟（つぶや）いたその言葉には、俺の気持ちの全てが込められていた。

この理不尽な世界を呪ってやりたいとすら思った。

——振り返ると、後悔ばかりな人生だったと思う。この数十年間、俺は何のために生きてきたのだろうか。周囲から伝わってくる悪意の視線を一身に浴びていると、色々と分からなくなってくる。足に振動が伝わってくる。足下にある扉が開き、下に落とされる前兆を感じた。馬鹿なことをした……本当に、俺は愚かだった。

——もしも、あの時違う選択をしていたなら、何か変わったのだろうか？

『貴方、帝国側に付いてくれないかしら？』

あの提案を承諾していたら、人生は変わっていたのだろうか？

『貴方のことが欲しい』

俺を求めてくれた恩人と共に人生を歩めたなら……俺はどうなっていたのだろうか？

少なくとも、こんなに後悔だらけのまま、人生に幕を下ろすことはなかったのかもしれない。幸せな未来を手にする可能性が俺にもあったはずだ。

だが俺は、その機会を摑まなかった……摑もうとしなかった。

あの時の選択は、俺にとって最も重要な分岐点だったはずなのに——全ては俺の心の弱さが招いた事態だ。王国のために戦うから、大切な人がいるからなどと、上っ面な理由を並べて、何も考えないようにしてきた。

意味のない言葉を並べた結末は、意味のない最期を迎えることに繋がった。

「レバーを下ろせ！」

執行官が絞首台にある装置のレバーをガチリと引いた。鈍い音と共に、絞首台の下にある扉は開かれ、俺の首は一気に締め付けられる。

「……あぐっ!?」

顔中を熱が支配した。胃の中の内容物をぶち撒けてしまいそうなくらいの吐き気と遠のいていく意識。このまま死ぬのだろうと思うと無念でならない。

——苦しい……息ができない。俺はどこで……道を違えた？

「かは……っ…………！」

本当に最悪な最期だった。

民衆の前に晒(さら)されて、死後も『愚か者』だと嘲笑(あざわら)われる運命を背負い続ける。

救いようもない。こんな不憫(ふびん)な人生を歩みたいだなんて、誰が思うだろうか。

「────っ！」

──多くを殺してきた俺は、きっと地獄に落ちるだろう。

殺すことの意味も考えずに、俺はただ命を奪ってきた。戦争だから仕方がない……そう簡単に済ませられることではないと、自分でも分かっていた。その上で俺は、非道な殺戮をし続けた。

愚かな行為をやめずに、罪を重ねた。

だからこの仕打ちを受けるのは、きっと仕方のないこと。

それがこれまで積み重ねてきた罪の代償であり、当然の報いだ。

「……っ……は！」

プツリと命の糸が千切れる音がした。

揺れていた視界は、ある時を境に真っ暗闇に染まる。

「…………」

王国騎士アルディア＝グレーツ……俺の命はここで終わる。

王国内において、密(ひそ)かに最強の騎士と謳(うた)われた者の最期は、こんなにも呆気ない。どれだけ強かろうと、権力の前には無力でしかなく、目的も何もない生き方をしていたせいで、自分自身にとっての大事なものを正確に見極めることができなかった。

命が尽きる刹那、俺は彼女の顔を思い浮かべ、そして願った。

もし彼女と再び出会えたら——次こそは、彼女の味方として生きてみたい、と。

第一章　叶うはずのなかった願い

1

処刑台に乗せられ、そのまま殺された。……そのはずだった。

一度失ったはずの意識が戻ると、そこは賑やかに人々が行き交う見慣れた街の大通りであった。人々が笑い合い、なんとも楽しげな風景。戦後の少し荒れて殺伐としていた雰囲気など微塵も感じない。

――は？　いや……待て、落ち着け。どういうことかちゃんと考えろ。

俺の記憶が正しければ、この場所はレシュフェルト王国領内ではない。

王国と帝国のちょうど狭間に位置していた完全中立区域。

軍隊に御するエリート士官を養成するために建てられた学校、フィルノーツ士官学校。

そこを中心に広がる賑やかなフィルノーツという街。

どこの国にも属していない特異な場所である。同時に街の周辺は、高い塀に囲まれており、ある意味、要塞都市と言えるような場所でもあった。

しかしフィルノーツは、過去に王国と帝国の戦争によって、跡形もなく消えてしまった。

両国にとって、この場所は戦況を大きく変えるような重要地域だったからだ。

この場所を確保しようと激戦が繰り広げられたのは言うまでもないこと。

——そんな戦禍の中心にあった街がこうしてちゃんと残っている。

今この場所は存在していないはずなのに、だ。

フィルノーツが綺麗な街並みを保ち、人々が賑わっているという環境はあり得ないこと。

まるで、戦前に見たフィルノーツの賑やかな風景。

こんなに和やかな空気を久しぶりに吸った気がする。

「こんなことは……あり得ない」

——夢でも見ている気分だった。

しかし走馬灯にしては、やけに景色がはっきりしている。

吹き抜ける風も肌で感じるし、屋台から漂ってくる串焼きや酒の香りなども鼻を通り抜けて、ちゃんと認識できる。周囲にはどこまでも日常が広がっていた。

「………」

ここは俺自身の妄執（もうしゅう）が生み出した偽りの世界なのだろうか。

「意味が、分からない……」

「そりゃ、こっちの台詞（せりふ）だよ」

そんな、頭の整理がついていない俺の肩に何者かの手が置かれた。

「おーい、アル。こんなところでボーッとしてると卒業式に遅刻すんぞ？　ブツブツ言ってないで、さっさと行こうぜ？」

「……は？」

振り返ると、そこには、かつて死んだはずの友人が立っていた。

「んだよ、そんな顔して」

「いや……おま、だって……！」

「なんだよ。そんなに俺に会えたことが嬉しいのか？　全く、野郎に好かれても嬉しくねーつの」

——なんだ……これ。こんなこと……やっぱり夢なのか？

「お前、スティアーノ……だよな？」

「親友の顔も忘れたのか、アル」

目を大きく開き、そのまま硬直してしまった。

彼が生きているということはあり得ない。何故なら、彼の最期を看取ったのは俺だから。

「お、おい……腕、力強過ぎだから」

思わず摑んでしまった彼の腕を離し、俺は地面に視線を落とした。

スティアーノ＝レッグ。

彼は王国出身。士官学校に通っていた時は、いつも一緒にいた親友のような存在だった。

俺は王国騎士になり、彼と同じ騎士として戦場で自国に尽くしていた。

だが、どうして……？

「お前……生きて……なんで！」

俺がそう告げると、スティアーノは眉を顰めて首を傾げた。まるで、俺の発言が理解不能かのように、その顔には疑問符が無数に浮かんでいた。

「はぁ？　生きてるに決まってんだろ。えっ、何。俺を亡き者にするっていう高度なギャグだったとか？　言っちゃ悪いが、センスの欠片もねぇぜ？」

偽者ではない。明るい茶髪に灰色の瞳。少し戯けたような態度は、間違いなく俺の知っている彼そのもの。共に戦場を駆け、命を預け合った親友の顔を、見間違えるはずもない。

「ギャグなわけ……ない、だろ」

「いやいや、んなマジ顔すんなって……本当にどうしたよ」

困惑した表情を浮かべながらも、彼は俺の背をバシリと叩く。

「たく、寝ぼけてんのかって。悪夢でも見たのか？　らしくねぇぞ」

「ゆ、め……？」

「今日が楽しみ過ぎて、夜更かしでもしたんじゃねぇの？　ははっ、アルでも取り乱したりするんだな！」

スティアーノは俺の肩を軽く叩いてから、足早に先へと進む。

「…………」

「おい、アル。そろそろ行かねぇとペトラにどやされるぞ。道も混んでるし、遅刻したら鉄拳制裁もあるかもだぜ」

半笑いのまま、俺の言動を忘れたかのように明るく振る舞っていた。

　しかし俺は、彼の態度を気にしている余裕なんてなかった。彼がこうして俺に話しかけてきていること事態が異常以外のなにものでもなかったからだ。

　――死者が蘇(よみがえ)るなんて話、聞いたことがない。

　確かに彼は戦場で壮絶な死を遂げた。俺を庇(かば)い、酷(ひど)い死に方をした。亡骸(なきがら)も火葬したし……というか。

「……なあ、一つ聞いていいか」

　彼と会話できている状況以上に、確認しておきたいことが思い浮かんだ。

「ん？」

　何も考えてなそうな顔をしている彼に俺は尋ねる。

「今って……その王国暦何年か、聞いてもいいか？」

　ずっと疑問だった。こんなに平和なフィルノーツの街並みを眺めて違和感を覚えた。加えて、死んだはずの友の姿を見て、どうしても聞いておきたかった。感情の整理を付けるのも大切であるが、それ以上に現状を把握しておきたかった。

『時間が巻き戻る』……その可能性が現実となっていることも、あり得るのではないかと考えてしまったから。

　スティアーノは、「こいつ何言ってんだ？」みたいな顔をしていたが、渋々といった様子で告げる。

「今は、王国暦一二四一年の三月だけど……それがどうかしたのか？」

「一二四一年……やっぱり、そういうことか」

「…………？」

彼の言葉を聞いた瞬間に、それまでの疑念は確信に変わった。俺が処刑されたあの日のことは明確に覚えている。

王国暦一二四七年の六月……そして、今が一二四一年の三月。

つまり、ここは全てが終わりを告げたあの日の六年前。俺が大切なものを全て失う前の時代。

「……そうか」

――士官学校の卒業式直前。

時間が巻き戻ったという考えが曖昧なものから、段々と明確なものに変わってくる。後悔だらけだった前回の歴史を塗り替える機会を得たのか。

どちらにせよ、今はまだ、あの血塗られた戦争が起きていない。

「アル。お前、本当に大丈夫か？」

具合でも悪いのかと心配されてしまったが、俺の心境は驚くほどに穏やかだった。

「大丈夫だ。調子は悪くない」

「いや、調子はってさぁ……はぁ、まあいいや。さっさと行こうぜ、遅刻したら絶対に睨み殺されるし」

彼の呆れたような声を聞いても、不快感を抱くことはなかった。

旧友とこうして会話していること自体が奇跡みたいなもの。

これはいわゆる『逆行転生』というやつなのだろう。童話などの作り話でしか聞いたことのないそれは、明確に俺の置かれている現状に当てはまっていた。

これは神の悪戯(いたずら)か……どうしてこうなったのか分からないが、そんなことはどうだっていい。今はただ、目の前に起きた状況をしっかりと認識するだけ。

——こんなチャンス、もう二度とない。

今度は絶対に間違えるわけにはいかない。摑(つか)み損ねた明るい未来を、再び望める段階に戻れたのだから。俺にやれることをやるしかない、そう心に決めた。

2

巻き戻されたのは、士官学校卒業式の日の朝だった。眩(まぶ)しい日差しが頬を軽く焼く。それと同時に少し肌寒い感覚が鮮明に伝わってくる。風はまだ暖まりきっていない。俺の記憶が正しければ、この日がちょうど、レシュフェルト王国とヴァルカン帝国の間に火種を作る決定的な惨事が起こる日だったはずだ。

一般人からしたら最悪な一日。だが、俺からしたら人生の分岐点とも思えるような日に他ならない。

だから悲観はしていない。まだなんとかなるという希望があった。

「はぁ、卒業かぁ。なんかまだ実感湧かねぇよなぁ……学生気分、っての？　まだまだ抜けきれねぇわ」

「そうかもな」

　スティアーノと士官学校に向けて歩きつつ、俺は今後について考えを巡らせていた。

「まだまだ遊んでたかったんだけどなぁ。王国騎士団に入ったら、遊んでる暇もないんだろうなぁ……訓練もキツイっぽいしさ」

「かもな……」

　適当な相槌（あいづち）を打ちながら、彼の横を歩く。スティアーノは今後のことを色々考えているみたいだった。

　俺とは意味合いが違うものの、まだ見ぬ未来を思い描き、希望に胸を膨らませていることだろう。彼の瞳には、遠目からでも分かるくらいの煌（きら）めきが宿っていた。

　残念なことに、俺はそんな明るい未来を想像できていない。絶望的な結末を知っているからこそ、その未来をどう生き抜くか、あるいは、どう改変していけるのか……そんなことばかりをずっと考え続けている。

「なぁ、アル。卒業したらお前も王国騎士団に入るんだったよな？　所属も同じだったっけ？」

「……そういえば、そうだったな。王国騎士団、俺もそこに入るんだったな……」

「は？」

「いや、なんでもない」

彼が怪訝な視線を向けてくる。

「お前、自分の就職先を忘れてたのか？」

「忘れてたわけじゃない。ただ、ちょっと考え事をしていて……」

「ほーん」

うっかりしていたが、この時の俺は、既に王国騎士団への入団を決めていた。

配属先も決まっており、卒業後の進路はもう固まっている。試験にも受かり、来月には王国騎士団の一員として任務に従事することになる。それなりに恵まれた進路。本来の道筋を辿るのなら、そうなっていたのだろう。

だが俺は――それを容認できない。

「…………スティアーノ、あのな。俺、王国騎士団に入るのやめようと思ってる」

踏み間違えた道を再び歩むつもりは毛頭ない。

その道を歩んだところで、俺には後悔する未来しか残されていないのだ。

ヴァルトルーネ皇女とは敵同士になり、彼女の優しさを知りながらも、王国のために帝国軍と不毛な争いを続ける。そんな未来を知っているからこそ、俺はこの分岐点において、あの時とは違う選択をするべきだと思ったのだ。

「おい、騎士団に入らないって……！」

嘘だろと言いたそうなスティアーノが、何か言い出す前に俺は告げた。

「これは本気だ。冗談とかじゃない。俺は卒業と同時に帝国へ行く」

「帝国に……？　王国騎士になることを諦めてまでか？」

「ああ、そうだ。騎士にはならない。急で悪いが、もう決めたことなんだ」

そもそも、俺は生きていること自体が予定外の存在。この場所にいる人間じゃない。

「けど……なんか、らしくないな。アルは、もっと計画的に考えてから、動くやつだと思ってた。こんな突拍子もないことは、初めてだぞ……」

「俺も……少し前までは、自分はそういう人間なんだと、そう思っていた」

士官学校の頃が懐かしい。俺は学生時代、あまり目立たないように心がけてきた。

実技試験や勉学においても、相当手を抜いて行っていた。王国騎士団に入れたのも、かなりギリギリのところだった。

「こんな機会もうないぞ……」

「そうかもな。俺の成績じゃ、騎士団に入隊を許されたのが奇跡みたいなものだ」

「馬鹿、試験で手抜いてんのは知ってんだよ。じゃなくて、俺ら同期で入団できるのがってことだ」

スティアーノは悲しそうな顔をする。彼は俺と一緒に、王国騎士団へ入るのを楽しみにしていた。入団してから配属されたのも同じ部隊で、前生では学校時代同様に毎日顔を合わせていた。

そんな彼を俺は救えなかった。

だからもう、王国騎士団には入らないと、この瞬間に誓った。

そして、俺はもう一つ、目の前にいる男を救いたいと思っている。

――俺は、お前が死んでいくのをただ見ていることしかできなかった。

でも、今ならもしかしたら、変えられるかもしれない。

「なぁ……これは個人的な相談なんだが」

俺は足を止め、スティアーノの手を掴む。彼の明るい茶髪が、微かに揺れた。

「……なんだよ？」

「かなり無理な相談だということは、自分でも分かってる……けど、できることなら卒業後、俺と一緒にお前も帝国に渡ってくれないか？」

――何故？……と彼は思ったに違いない。

当時の俺は、帝国に興味を持っていなかった。卒業後の進路だって、王国で見つけるのだと、無意識の内に決めつけていた。

「俺も帝国に？」

「ああ」

「随分と突然だな……俺にも騎士団を辞退しろと？」

「悪い、そういうつもりじゃ……」

「分かってるよ。だから、謝んなよ」

こんなことを言い出したのは、俺が人生二周目だからに他ならない。

今の俺は、王国の味方なんて絶対にしない。国のために尽くした俺を一度裏切った国の下で働くなど、到底できないからだ。しかし、スティアーノが王国に残るとなると、俺はコイツに刃を向けなくてはならなくなる……そんな日が来るかもしれないのだ。絶対にそれは回避したい。

「悪い……少し、考えさせてくれ。急過ぎて混乱するわ」

スティアーノは、帝国行きを保留にしてくれと言ってきた。

「いや、ありがとう」

正直予想外だった。こんなのは俺の我儘(わがまま)であり、ダメ元で言った単なる願望に過ぎなかったのだから。彼がすぐに否定することなく、真剣に考えてくれることが嬉(うれ)しかった。加えて、彼にその意思が少しでもあるのなら――彼が死んでしまう未来も変えることができるかもしれない。

3

少し駆け足で、俺とスティアーノは、学舎へと向かっていた。

「ゆっくりし過ぎたな！」

彼の声に俺は、軽く頷(うなず)く。息を切らしながらも、全力で街路を駆け抜けた。汗を拭いながら、一心不乱に足を動かしていると、見覚えのある区画に入る。

校舎が見えてきた。それと同時に、よく響く透き通った声も聞こえてくる。

「おーい、アルディア、スティアーノ！　遅いわよ～」

校門の前まで辿り着くと、そこには見知った顔があった。

ああ、本当に全てがリセットされたのだと感じる。懐かしくもあり、彼らを死の運命から遠ざけられなかった自分を呪いたくなる。少し遅れたスティアーノを待ちつつ、二人揃って目前に待つ友人たちの方へと近付く。

「もう、待ちくたびれたわ。早めに集まろうって、昨日みんなで約束したじゃない」

「ああ、悪い……ちょっと、な」

「はぁ、スティアーノはともかく、アルディア。アンタが遅れるなんて珍しいこともあるのね」

ため息交じりの愚痴を聞き、俺は頭を下げた。

「いや、悪い」

「本当よ。反省なさい」

ペトラ＝ファーバン。同級生でいつも俺たちと一緒にいた優等生。

綺麗な明るいブロンドの髪と深い緑色の瞳。強気な姿勢で、誰に対しても物怖じせず、言いたいことはビシビシと発言するやつだった。何故、彼女が俺たちなんかと一緒にいたのかは不明だが、今思えば彼女の存在は、俺たちのグループにおいて欠かせないものだったと認識できる。

「悪かったって」

「謝って許されると？　こんな大事な日に遅刻なんて、本当にあり得ない！」

かなり怒っている。特にスティアーノに対する風当たりが強い。

ああ、いつもこうだった……このやりとり自体が懐かしく感じる。

彼は萎縮している。彼女の勢いがこんなにも盛大なものだったのかと、懐かしいと思う反面、俺自身もびっくりしてしまった。

「ペトラ、二人がどこか抜けているのはいつものことだ。そうカッカするな」

「はぁ……」

「むしろ、スティアーノがしっかりしている方が不自然だろう、な？」

俺らのフォローをするように豪快な笑い声が聞こえてくる。

ペトラの横にいる大柄な男は、アンブロス。同じく同級生で、図体がかなり大きい。赤茶色のショートヘアに、固い意志が宿ったような力強い茶色の瞳。

見かけに違わず頼り甲斐のある男だったと、無意識のうちに過去の情景が頭に浮かんだ。

王国軍が重要視していた要塞の守備隊長になるくらいに強い男だった。重装備を着用していても、長時間戦えるくらいの体力お化けだった。

「アンブロス、ナイスアシストォ！」

「スティアーノ？　遅刻したくせに、調子に乗ってるのはどういうことなの？」

「うひっ……！　そ、そんなに睨むなって、美人が台無しだぞ」

アンブロスに便乗しようとしたスティアーノだったが、ペトラに再度睨み付けられ、小動物のように背中を丸めて、俺の背後に隠れてしまった。

「おい、アル。ペトラがめちゃくちゃ怖えって……眼力で人殺せるぞ、あれ」

「今のは、お前の自業自得だろ……」

「いや、遅刻はアルも同罪だろ？　なんで俺だけペトラに睨まれなきゃならないんだよ」

「態度の違いだろ……反省する姿勢くらい見せろ」

ピンポイントで彼女の気に入らない行動を取るのは、スティアーノの短所だと思う。

卒業式前だというのに、緊張感のない空気と電流が走っているかのような刺激的な空気が交錯する。

そんな中、更にフワフワした空気が横から入り込んでくる。

「も〜、ペトラもそんなピリピリしないでさぁ。ブロ助の言う通り、スティアーノのことなんだから、どうせ寝坊でもしたんでしょ。許したげなって」

そう告げたのは、ニヒヒと白い歯を覗かせるミア。特徴的な青髪を揺らして、スティアーノの背中をチョンと指で突いていた。

「寝坊じゃないっての」

「え〜、絶対寝坊でしょ。スティアーノとか、頭に寝癖ついてるし？」

「え、嘘!?」

「うっそ〜」

　スティアーノを弄ぶミアは、とても楽しそうである。

「ミア、今は真面目な話を……」

「いいじゃん。せっかくの卒業式、楽しくなきゃ損じゃない？」

　ペトラの言葉にも動じない胆力は、素直に凄いと言わざるを得ない。その宝石のような瑠璃色の瞳には、この世界がどんな風に映っているのだろうか。少しだけ、気になった。

　過去、ペトラとは戦場で、一度しか出会うことがなかった。彼女の死に際を目にした時は、計り知れない絶望と悲しみが、心臓を締め上げたことを覚えている。

「ねぇ、アルっちだってそう思うよね？」

「俺？」

「うん！　楽しい方がいいっしょ？」

「ああ、ミアの言う通りだと思う」

　ヴァルカン帝国出身の彼女。卒業後の進路は、全然把握していなかったが、今生では多分、彼女と共に戦う未来もあるのだと思う。入学当初からの問題児だった彼女も、卒業の時期を迎えた頃には、近接戦闘と弓の扱いにおいて、学年トップクラスの実力を持っていた。優秀であるが故に、戦場に駆り出されたのかと思うと複雑な気分であるが、今回はミアを見殺しにはしない。

「……ん、どしたのアルっち？　こっちジッと見て」

　彼女の碧眼がこちらをジッと見据えてくる。

「なんでもない」

「ふーん、そっか！　てっきりアルっちに惚れられたかと思ったよ！」

嫌な記憶が蘇るが、そのことは心の片隅に置いておくくらいでいいはずだ。何故なら、今、この瞬間は、まだ何も悲劇が起きていないのだから。ミアの軽口に苦笑いを浮かべつつ、俺は、ミアから視線を外した。

「ペトラ先輩、アル先輩をそんなに責めなくてもいいんじゃないですか？　元々の集合時間からまだ一分程度しか経過していないのですから」

今度は、アディが擁護の声を上げてくれた。彼は俺の一個下の後輩。

出会った当初は、クールな性格だと思っていたが、のちにただの人見知りだと分かった時は衝撃だった。そんな彼も、このグループ内においては、堂々とした物言いをする。

しかし、アディの言葉も虚しく、ペトラはサラリ、と金色の髪を揺らす。

「一分でも遅刻は遅刻なのよ。アディはアルディアのことになると途端に甘くなるわね。……何？　もしかして好きなの？」

「んなっ、そんなんじゃありません！　尊敬しているだけです！」

「まあ、男同士でそんなことされたら、気持ち悪くて敵わないわ」

「なっ、酷い。ペトラ先輩！」

ケラケラと笑うペトラからアディは恥ずかしそうに顔を背けた。

「アディ」

「アル先輩……」

「庇ってくれてありがとう」

アディにこんなに懐かれていたなんて、以前は全く自覚していなかった。慕ってくれている後輩がいた。彼らにも、もっとちゃんと目を向けるべきだったと改めて感じた。アディは嬉しそうに居直る。そして、更なるフォローと言わんばかりに、アディはペトラに向けて声を上げる。

「というか。アル先輩は、スティアーノ先輩の寝坊に付き合っていたに決まってますよ！うん、絶対そうです」

「ああ、確かに」

「そこ、先輩に対して失礼だぞ。あと、ペトラも納得すんな！」

なんだかんだ、相性の良い内輪である。スティアーノの完璧なツッコミが入ったところで、ペトラは木陰に視線を移す。先程からガサガサと草葉が擦れる音が聞こえていた。

「……それで？　木陰にずっと隠れてるトレディアちゃんはどう思う？」

校門の近くにある大木の後ろでコソコソしている少女は、ペトラに声をかけられると肩をピクリと動かす。一同の視線が集まると、彼女はゆっくりと首を左右に振った。

「ふぇっ、わ、私……ですか？」

トレディアは、俺の二つ下の後輩。引っ込み思案な子で、人前に出たがらず、俺たちと行動と共にしていた時も、誰かの背中に隠れていたり、物陰に潜んでいたり、とにかく、彼女の姿を見るたびに何かに隠れていた記憶がある。

「そうよ。で、どう思う？」

「え、えっと……えっと」

「遅刻はいけないわよね？」

「それは……うぅ……スティアーノ先輩が、悪いと……思い、ます」

トレディアは、涙目で怯えながらもなんとかそう答えた。

ペトラ、圧をかけるな。オロオロと周囲に助けを求めるような仕草をするトレディアが可哀想に思えてならない。

そして、やっぱりスティアーノの扱いが雑だ。

「はぁ……」

俺が、ため息を吐くと、ペトラが口を尖らせる。

トレディアに向けられていたみんなの視線も、一気にこちらへと向いた。

「アルディア？　何か言いたいことでも？」

「別にそういうんじゃない」

「言いたいことがあるなら、はっきりしなさいよ」

本当……ペトラの言動に不満があるわけではない。

ずっと苦しい時間を過ごしてきて、命を絶たれたら、こうして懐かしい顔を拝めることになったという状況に直面して、改めて凄いことだなと感じる。それを最も実感させてくれたのは、ペトラの変わることない懐かしい態度であった。

「いや、本当になんでもない」

「――――?」

「ただ、もう卒業なんて寂しいなと、そう思っただけのことだ」

このため息は、誰かに呆れていたから出たものじゃない。

今、目の前に広がる状況に半ば感動して思わず漏れてしまったものだ。

口元が綻び、少し笑ってしまう。でも、それだけ嬉しいと感じている自分がいる。

もう一度会いたいと願った友人たちに出会えて、俺は本当に嬉しかったのだ。

「そうかもしれないわね、卒業……寂しいわね」

「ああ……そうだよ」

俺が送った青春のラスト一ページ。

それはきっと、とても綺麗な思い出だったのだろうと思う。

4

待ち合わせに、やや遅刻した俺とスティアーノは、ペトラにしっかりと怒られた。

しかし、この場には、あと一人、いつものメンバーがいなかった。

そのことをペトラも勿論把握しているようで、

「それで、アルディアとスティアーノは来たからいいとして……フレーゲルッ！　あの男はどういうつもりなのよ！」

怒髪天を衝く勢いで憤慨していた。腕を組み、ペトラの鋭い視線は遠くの街に……主にフレーゲルが住む屋敷の方角に向いていた。

フレーゲル＝フォン＝マルグノイア。

俺たちのグループで唯一爵位を持っている貴族の子息である。普段は、俺やスティアーノなんかよりもしっかりしているし、遅刻なんてするような男ではない。けれども、彼がここに来ていないのには、ちゃんとした事情があった。

――それを知っているのは、未来で起こったことを把握している俺以外にはいない。

「ペトラ。フレーゲルは、今日の卒業式に出席できないらしい」

ペトラがあまりに怒っているので、それとなく彼が来ないことを伝える。ペトラは何故、俺がそれを知っているのかと疑問に思ったようで、眉を顰めながら顔を近付けてくる。

「……どうしてよ？」

「家庭の事情だそうだ。詳しいことは聞いていないから分からない」

本当は、全て知っている。

彼の婚約者がヴァルカン帝国出身であり、大貴族の御令嬢であることが今回の欠席騒動に関係していた。今回の件は、両国の関係に亀裂が入ったため、婚約話が見直されることが原因だ。

——ヴァルトルーネ皇女が婚約を破棄されるのは、卒業式のすぐ後のことだ。

婚約破棄の申し出が行われるのは今日なのかもしれないが、この内容自体は、前々から決まっていたことなのだろうと思う。そうでなければ、この卒業式の日に貴族の子女子息の多くが欠席するなんて珍事は、起こり得なかったはずだ。

「家庭の事情なら仕方ないじゃん！　ほらほら、怒らない〜怒らない〜。スマイルよ〜」

不機嫌なペトラを宥めるようにミアは、軽々しい口調で場を和ませる。

「ちょっとミア、重い……体重を預けてこないでよ」

「え〜、ちょっとしたスキンシップだよ。照れなくていいのに」

「重いって言ってるのよ！　離れなさい〜！」

ケラケラと笑うミアに続いて、スティアーノ、アンブロス、アディ、トレディアも順々に頷いた。

「ミアの言う通りだな。来られないやつのことをいつまでも気にしてちゃ、せっかくの卒業式を楽しめないぜ」

「スティアーノの言う通り。フレーゲルの分まで、俺たちが卒業式を謳歌すべきだ」

「まあ、あの人にも予定というものがあるのでしょう」

「え……えっと、ドンマイ？」

ペトラも周囲の反応に毒気を抜かれたのか、怒りを収めた。

「はぁ……そうね。私も少し冷静じゃなかったわ」

彼女の気持ちは、分からなくもない。今日はせっかくの卒業式。

士官学校で過ごした数年間を、仲の良かった者同士で笑い合いながら終わりたいというのは、ごくごく自然な願いだろう。

一分一秒でも、長く一緒にいたい。

卒業後の進路はバラバラで、もう気軽に会えなくなってしまうのだから。

「でも……今日が終わったら、それでもうここの生徒じゃなくなるんだよな」

スティアーノがしんみりした声音で呟く。

「だってさ、今日までは普通に顔を合わせられていたのに、ここを卒業したら……」

王国と帝国、それぞれの故郷に学生は帰る。そして、再び談笑する機会も与えられず、望んでもいない戦いを強いられるのだ。

「時が止まればいいのにな……」

卒業式の日が、来なければ良かった。

戦争が起きなければ良かった。

選択を迫られる状況に陥らなければ良かった。

様々な思いが、その一言に集約されていた。

「アルディア……」

周囲はきっと、卒業して離れ離れになるのが悲しいのだと、そう捉えているのだろう。

けれども、俺の知っている現実は、もっと酷い。学友同士での殺し合いが待っている。

かつて笑い合った知り合いと、本気で命を奪い合う。そんな悲劇が、現実に起こるのだ。

「アルっち！　そんな悲壮な顔しないでって、またこうして全員で集まればいいじゃんさ！」

ミアが元気付けるように俺の背をドンと叩く。ペトラも俺の手を握ってきた。

「そうよ。……離れていても、私たちの関係が切れることはない。どこかで必ず繋がっているんだから」

――だからこそ、苦しい。最初から繋がりがなければ、悲しいという感情も芽生えなかった。大切なものが零れ落ちる度に、心臓に杭を打たれるような痛みが残り続ける。

そして、その痛みは、ずっとずっと消えない。涙は涸れるまで止まらない。

だからこそ、二度目の機会を得られた今、俺は全てを守り抜きたい。

そのために、俺は話さなければならない。

「みんな聞いてくれ……俺は……ここを卒業したら、ヴァルカン帝国に行こうと思ってる」

沈んだ声のまま、されどもはっきりとした声圧で、俺はその意思をここにいる全員に告げていた。

「嘘……でしょ？」

帝国へ行くという、その旨を伝えた時、一番ショックを受けたような顔をしていたのは、ペトラだった。

「どうしてよ！　貴方ッ、王国騎士団に内定したって……そう、言ってたじゃない!!」

「それは辞退する。俺は……王国に戻らず、帝国に渡る」

「――っ！……なにそれ、意味が分からないわ」

ペトラは、俺と同じく王国出身。

俺が帝国に行くということは、彼女ともう会えないということと同義である。

「意味分かんない……どうして……」

「悪い……でも、そう決めたんだ」

「謝らないでよ。別にアンタが何を考えようが、アンタの勝手なんだから……それでも、それでもよ！」

ペトラは卒業後、王宮魔術師になることが確約されている。

だから、もし俺がこのまま王国騎士団へ入団していれば、彼女とは同じ王城で働くことになり、また頻繁に顔を合わせることができた。

「急に、そんなこと言われても……」

そこまでペトラが感情的になるとは思わなかった。

ここで静観していたアンブロスが口を開く。

「気になるんだが、何故、帝国に渡ろうとする？　個人的に王国で働くのも帝国で働くのもそう変わらないことだと思うのだが」

まさにアンブロスの言う通りだ。

働くのなら、王国も帝国も双方が大国であり、恵まれた働き口が多くある。どちらにしても、さして変わりはない……ただ、俺が帝国に行こうとしているのは、そういう理由ではない。

「帝国に拘る理由が分からない。故郷が嫌になったのか？」

アンブロスの言葉は、核心を衝いたものだった。王国にいても、俺に明るい未来は、永遠に訪れない。

「……まあ、そんなところ」

暫しの沈黙を経て、俺は静かにそう告げた。

アンブロスは、目を見開いたような顔をしたが、やがて真顔に戻り、

「そうか」

それだけ告げて、頷いた。重々しい空気……が続くかと思われたが、残念そうだったのは王国出身の者たちだけ。

「いいじゃん！　アルっちが帝国に来るんだったら大歓迎だよ！」

「ですね。僕的にも、アル先輩が帝国に来てくれるのなら、非常に嬉しく思います」

「わ、私も……アルディア先輩が来てくれたら……」

帝国出身のミア、アディ、トレディアは明るい歓迎ムードである。まあ、友人が自国に多ければ多いほど、会える機会も多くなるからだろう。

それに対抗するように、ペトラは声を荒らげる。

「な、ならっ！　私も帝国に行くわ！」

「え……？」

「んなっ！」

「は？」

王国出身の俺、スティアーノ、アンブロスは抜けた声を出してしまった。

ペトラの急な発言に理解が追いつかなかったからだ。

「ペトラ、何でそんな……王宮魔術師になるのは、昔からの夢って」

「だからよ」

「だからって……？」

意味が分からない。今も王宮魔術師に憧れているのだとしたら、尚更（なおさら）ヴァルカン帝国に行こうという思考にはならないはずだ。

夢を追い続けることは素晴らしいことだ。その夢にやっと手が届いたというのに。

「お前も辞退するってことか」

「ええ、そうね」

「そんな簡単に決めるものじゃないだろ……」

あり得ない。普通なら、そう簡単に夢を捨てたりしない。

けれども、ペトラは力強い眼差（まなざ）しをこちらに向ける。

「……アルディアが帝国に行きたがっているのは、何か事情がありそうだと思ったの。もし私が王宮魔術師になったら、無我夢中で仕事に取り組むでしょ。でも、アルディアが帝国に行った理由は一生分からないままになるわ。そういうの、嫌なのよね」

「そんな理由で……」

「ええ、そんな理由よ……私はもう決めたわ。アルディアが帝国に行くというのなら、私も王宮魔術師になるのを辞退して、帝国に行く。大丈夫、私ってかなり優秀だから！　向こうでもやっていく自信があるの！」

　昔から、ペトラは勘が鋭かった。言葉の節々から相手の考えていることをズバリ言い当てたりすることもしばしば。俺の言動から何かを感じたのだろうか。真相は定かではないが、彼女自身が夢を捨ててまで俺と来てくれることには心底驚いた。

「はぁ……じゃあ。俺も帝国に行こっかなぁ」

　続いてスティアーノもそう告げる。眠たげに欠伸(あくび)をしている様子が、深刻な話をしているようには思えないくらいに、ふんわりとした空気を纏(まと)っていた。

「お前もか、スティアーノ」

「ああ、俺も決めたよ。お前と帝国に行ってやる！」

　話したばかりの時には、あんなに迷っていたのに……なんだか吹っ切れたような面持ちである。

　そしてまた、手を挙げる者が現れた。

「おい、それでは俺とフレーゲルだけが仲間外れみたいではないか。道中護衛も必要だろう。俺も行く」

アンブロスまでも帝国に渡ると言い出してしまう。

彼は、王国出身。だが、卒業後の就職先には、そこまで拘っていなかった印象がある。両国の外交関係が悪化し始めた辺りで、こちら側に付いてもらいたいと考えていたが、嬉しい誤算だった。

「いいのか？」

再度問う。その選択で後悔はないのかと。

王国と帝国の関係は、必ずしも良いものとは言えない。この後に起こることを考えれば尚更そう思ってしまう。いずれ帰るべき場所が争いによって消えてしまう可能性だってある。そのことをきっと彼らはまだ知らない。

「問題ない。これは俺の選択なのだからな」

アンブロスの赤銅色の瞳に、曇りは一切なかった。他の面々の顔を見回しても、ちゃんと自分で決めたということがよく伝わってくる。

「本当に、いいんだな……」

俺は、絶対に後悔したくないから、帝国に行くことを選んだ。しかも、未来で戦争が起こることを知っている。それを伝えていないにもかかわらず、三人は帝国へ来てくれると言う。

俺の問いに対して、次に口を開いたのはスティアーノだった。

「んだよ。『俺と来てくれ』って言ってきたのは、アルの方だろ。だったら素直に喜べって、いいのか、とか聞かなくていいじゃねぇか」

「スティアーノ……」

「それに、あそこまで必死な顔して、俺のことを帝国に呼ぼうとしたんだ……お前なりに何か考えあってのことだろ？」

お見通しってことか。

戦争が起こるなんて知らないだろうけど、俺が鬼気迫る表情だったのは、彼の選択に大きな影響を及ぼしたみたいだ。

「ありがとう。スティアーノ」

「いいってことよ」

次はペトラに顔を向けた。

「お前もいいのか？　王宮魔術師なら将来は安泰。それを辞退するなんて……」

ペトラは士官学校時代、常に成績上位をキープし続ける優等生だった。

彼女が優秀な王宮魔術師になれたのも、日頃から彼女が努力してきたからだ。

その輝かしい未来を捨てるという選択は、こんな形で決めていいものではないはずだ。

「女に二言はないわ」

「だけど……」

申し訳なさそうな表情を浮かべていると、ペトラに脇腹を小突かれた。

「そんなことより、私より先にスティアーノを誘ったってどういうことよ？　それなのに私には来ないで欲しいみたいな態度……ちゃんと説明して？　私が信用できないってこと？　内容によっては、ぶっ飛ばすわよ!?」

……何故か彼女はキレていた。いやいや、論点が違うだろ。

確かにスティアーノは、この面子で集まる前に勧誘した。したけども、それは彼のことを誘いやすいと考えていたからだ。

ペトラは違うと思っていた。

彼女は王宮魔術師が夢だと常日頃から語っていた。その気持ちが強ければ強いほど、俺と帝国に来てくれる可能性は薄いと……だから、卒業時期である今はまだ、話を持ちかけるタイミングではないと考えていた。

「ペトラ落ち着け。俺はお前の夢を知っていたから話していなかっただけで……」

「落ち着けるわけないでしょ！　スティアーノには一緒に来て欲しくて、私は邪魔ってこと？　腹立つ腹立つっ！　だいたい、それはそれ、これはこれで別問題なのよ！」

……思っていた反応と違う。今は割と真面目な話をしていたはずなのに。これでは学生時代のいつもの時間と変わりない。

「王宮魔術師を諦めるなんて、そんな勿体な……」

食い下がる俺にペトラはど迫力の声量で告げた。

「そんなことどうでも良いの！」

「は？」

「もう、こうなったら、死んでも帝国に行ってやるんだから！」

ペトラの激情に押されて、それ以上の言葉は出なかった。

「後悔しても、知らないからな……」

「ええ、覚悟はしてるもの」

まあ……彼女のことも後々誘おうとは思っていた。

手間が省けたのだから喜ぶべきだろう。

「それと、スティアーノを誘って、私を誘わなかった理由は後でたーっぷり聞かせてもらうから、ねぇ？……アルディア？」

「あ、ああ……分かった」

怖い、あと怖い……。

ペトラに対して、純粋な恐怖を覚えるとは思わなかった。

嬉しい気持ちと背筋を伝う冷や汗が心臓を握りしめるようだ。

ミスマッチな感情が渦巻く中でも、安堵する気持ちの方が大きいことを感じる。

この場にいる全員が帝国に向かう意志を見せたからだった。

この場にいないフレーゲルを除いたレシュフェルト王国出身の三人が、ヴァルカン帝国へ共に来てくれることが決定した。三人とも、それなりに覚悟もあるようで、本当に現実なのかと疑ってしまう……それほどまでにでき過ぎた話だった。

いや、こうしてこの時期に戻れていること自体が夢のようなことか。

やり直す機会を与えられることというのは、そう多くはない。

ましてや人生のやり直しなど、常人では絶対に経験できないこと。


——普通なら、もう二度と会えないはずだった。


神妙な面持ちで、ここまでのことを考えていると、ミアが話し出した。

「で、みんなのことは分かったけどさ。フレーゲルのことはどうするん？」

一通りのことが決まってから、ミアはその話題に触れてきた。

「もちろん、誘う気だ。ここにいる全員で帝国に行くってことになるんだから、フレーゲルにだけこの話をしないのは、仲間外れみたいで嫌だからな」

「そっかぁ、だよね」

しかし、貴族ということで、彼には多少なりともしがらみがある。

彼はマグノイア子爵家の四男。家督を継ぐことはないだろうが、やはり貴族であることに変わりはない。帝国に連れていくのは、貴族の身分を持たない、ここの友人たちより圧倒的に難易度が高い。

「アルディアよ。フレーゲルの説得は難しいと思うが、その辺りはどう考えているのだ?」

アンブロスの重々しい言葉に皆の顔色が曇る。

「確かにフレーゲルは貴族、他国に連れていくのは難しいことだと思う」

「では……」

「それでも、俺は彼が来てくれると確信している」

フレーゲルは、士官学校を卒業した後のことは決めていないとも過去に発言していた。

——望みはある。

「フレーゲルには絶対帝国に来てもらいたい」

「気持ちは分かるけど、アンブロスの言う通りでさぁ、貴族ってだけでも、それは難しい話になるぜ?　そこんとこ、お前はどう考えてんだ?」

「確かにな。普通は、そう思うだろうな……」

「違うのか?」

「スティアーノの言っていることは正しいいし、違わない。だが、フレーゲルの場合は、家の後継ぎになり得る兄弟が多くいる。加えて、フレーゲルが貴族の身分に執着する可能性はかなり低い」

そう、フレーゲルが王国での暮らしに執着することは絶対にない。

その明確な根拠を、この場で提示することはできないものの、彼の中で特に大事であるものを俺は知っていた。

このまま時が進めば、フレーゲルは今後、確実に悲惨な未来を迎えることになる。

「なんでそう言い切れるのよ」

ペトラに詰め寄られるが、俺は落ち着いた状態で告げる。

「フレーゲルには、身分以上に大事なものがあるはずだ」

「身分以上に大事なもの？」

「ああ、そうだ」

フレーゲルの心に大きなダメージを与える要因は何か？

それは、最愛の人と引き離されることだ。

帝国との関係悪化が原因となり、最終的にフレーゲルの婚約話は消え去った。彼は、その婚約者のことを本当に愛していたが、その最愛の人は、帝国貴族。だからこそ、婚約が解消された。そして彼は、失意の底に沈むのだ。

そこから導き出される答えは、とても単純なもの。

フレーゲルにとって一番重要なものは、大切な婚約者との繋がり。婚約者との縁が保たれるという条件さえ揃えることができたなら、彼の心は確実に揺れ動く。

——帝国に行くことになれば、フレーゲルと婚約者の縁を再び結び直せるかもしれない。彼にとって、そのことは大きなメリットとなるはずだ。たとえ、王国貴族という肩書きを捨ててでも、手に入れたいもののはず。

「説得には自信がある。必ず来てくれるはずだ」

「ひゅ～！　アルっち頼もしい！」

茶化すようなミアの声音を聞いてから、ペトラがハッとしたような顔になる。

「ねぇ、そろそろ卒業式が始まるわ……」

ペトラの呼びかけにより、俺たちも我に返る。

校内にある時計台を見ると、もうすぐ卒業式の時間になるところだった。

「確かに……」

——もうそんな時間か。

「取り敢えず、会場に行くか」

アンブロスの意見に全員が頷いた。

「遅刻したら、先生にも怒られるもんね～。てかさぁ。スティアーノは、昨日も生徒指導室に呼び出されてなかったっけ？　あはは、ウケる！」

「そういうミアも、最後の提出物を忘れて先生に絞られてたろ。俺だけを棚にあげるんじゃねぇよ」

「ちょっと、二人とも！　そんな話は後でいいから、もっと急ぎなさい！」

今日はフィルノーツ士官学校の卒業式。

この後も、まだまだ怒濤の展開が待っている。

フレーゲルの説得に関しては、それらが片付いた後に取り掛かるとして、今は目先のことに集中しよう。何故なら卒業式のすぐ後に、レシュフェルト王国の第二王子であるユーリス＝レト＝レシュフェルトがヴァルトルーネ皇女との婚約を破棄する修羅場に遭遇することになるのだから──

6

フィルノーツ士官学校の卒業式は滞りなく進んだ。

特に大きな問題もなく、厳粛な雰囲気の中で俺たちはこの学校を卒業することとなった。片方の手に花束を抱え、もう片方の手には、卒業証書を持っていた。一同は慣れ親しんだ学び舎の前に集まり、顔を合わせる。

「終わったなぁ……」

「おつ～」

追って集合することをみんなで話し合った後に、俺たちは解散することとなった。

「三日以内よ！　期日が過ぎても連絡なかったら、アンタの泊まっている宿に押しかけるからね！」

「分かった。必ず連絡する」

ペトラに軽く返事をすると、それぞれが背を向け合った。

「んじゃ、また後日な」

「連絡待っているぞ」

「またこのメンバーで集まるのたっのしみ〜！　またね〜！」

士官学校卒業生であるスティアーノ、ペトラ、アンブロス、ミアは各々帰路に就く。

「では、アル先輩。僕たちもこれで」

「……えと、卒業おめでとうございます。卒業後も……その、頑張ってください」

「ああ」

卒業式後の片付けが残っている在校生のアディとトレディアは、再び会場に戻っていった。チラホラと学園を去っていく卒業生を眺めながら、俺は深く息を吐いた。

——さて、行くか。

本日のメインイベントは、卒業式などではない。

ヴァルトルーネ皇女が婚約を破棄されるという修羅場に遭遇することである。

過去にも同じように、俺はヴァルトルーネ皇女とユーリス王子が婚約を破棄した場面を目撃していた。そして王子が去った後、残された彼女に声をかけた記憶がある。

あれが多分、俺と彼女が、まともに会話をした最初の場面。

そして今回は、意図してそちらに向かう。

今生での俺は、ヴァルカン帝国側に味方すると決めている。だから、王国と帝国が決別する瞬間、俺はヴァルトルーネ皇女と会い、そのまま彼女に忠誠を誓うつもりだ。

傷心に付け込むようで、彼女には申し訳ない気持ちがある。しかし前の人生では、彼女からの誘いを断ってしまった。その選択を酷く後悔しているから、今回こそは、彼女の味方でありたいと考えている。

暫く待っていると、土を踏む二人の足音が聞こえてきた。そして予想通り、俺が隠れているところから少し離れた場所で、二人は立ち止まる。

「ヴァルトルーネ。貴様との婚約は、今この瞬間をもって破棄させてもらう！」

士官学校の裏庭に不穏な空気が流れる。

誰も立ち寄ることのない場所にて、両国の関係を大きく揺るがす大事件は静かに巻き起こっていた。

近くの茂みに隠れた俺は、その様子を静かに見守る。

この後にヴァルトルーネ皇女とユーリス王子が苛烈に言い合い、大喧嘩になる。

罵詈雑言の飛び交う激しい修羅場がこれから始まるのか……そんなことを考えながら、その行く末をじっと静観していたのだが。

「そうですか。……分かりました。婚約破棄、致しましょう」

彼女は彼の言葉を受け止め、激昂する様子もなく、ただ冷静な面持ちでそう返事をしたのだった。純白の髪が風に揺れる度に、彼女の凍て付くような青い瞳が、はっきりと見えた。

——展開が……変わっている？

婚約破棄の流れが、以前見たものと違っていたため、内心かなり動揺していた。

——どういうことだ。こんな静かに進む話じゃなかったはずだ。

王子も彼女の動じない姿に面食らった様子だ。

「おい、貴様……何を言われているのか分かっているのだろうな。婚約破棄だぞ？　その意味を知らないとは言わせないぞ」

「存じております。それがどうされたのでしょう？」

「くっ——！」

王子は顔を真っ赤に染めて、怒りを沸々と募らせている。

対して、ヴァルトルーネ皇女は冷め切った視線で彼を睨みつけていた。

本来なら、どちらも冷静さを欠いたままに言い合いを始める……そのはずだった。こんな風にユーリス王子だけが感情を揺れ動かすというものではなかったはずなのだ。

大喧嘩の末に、ヴァルトルーネ皇女が、思いっきり頬を叩かれる展開もあって……いや、待て。

――彼女が頬を叩かれる！

完全に失念していた。ユーリス王子が傍若無人な振る舞いをすることは、フィルノーツ士官学校内では有名な話だった。

そして俺は、その現場を過去に見ていた。横柄な振る舞いを草陰から見ていることしかできなかった。あの日の俺は、踏み出す勇気がなかった。それは無意識のうちに、権力に怯(おび)えていたからだ。

地面に倒れ、泣き腫らした目のまま取り残される彼女の姿が、頭に鮮明な情景として浮かんでくる。

止めなければと思う一方、この場で出ていくのは悪手なのではないかと思う自分がいる。動くべきか、否か。動かなければ、過去と同じだ。

「助ける、か……いや」

判断を下せないままでいると、向こうでは話がどんどん進んでしまう。取り返しのつく段階を越えてしまう前に、なんとか選択すべきである。それなのに、中々動き出せない。

「どうやら、痛い目を見ないと、お前は立場を理解できないらしいな！」

下劣な声音でユーリス王子がヴァルトルーネ皇女を威圧的に罵る。

しかし彼女は、全く動じることがなかった。

「お戯れを。私たちは対等な立場のはずです」

「こいつ……言わせておけばっ！」

――もう猶予はない！

『今すぐ飛び出して、彼女を助けよう』

決意を固め、そのまま草陰から出ていこうとした。小枝をパキリと踏み、少しだけ心音の増大を感じるが、気にせず前に進む。だが、微かな違和感が目の前を通り過ぎたような気がして、完全に姿を晒す寸前で動きを止めることになった。

……一瞬だ、ほんの一瞬だけ。

ヴァルトルーネ皇女とユーリス王子へ視線を送ったのがきっかけだ。彼が、その手を振り上げた瞬間――彼女の口元が緩むのを俺は見逃さなかった。遠くから見ている俺からも分かるくらい、明確に口角が上がっていた。

「――――っ！」

――彼女は今、なんで笑ったんだ？

しかも、心なしか王子にではなく、俺の方に視線が向いているような……まるで、こちらの姿が見えていたかのような不思議な感じがした。

ゾクリと背筋に冷ややかなものが走った。まさかそんなことがあるはずない。

しかし彼女はユーリス王子に向け、冷ややかな声で告げる。

「ふふっ、よろしいのですか？　部外者の見ている前でそのような荒々しい振る舞いをなさっても」

「――――！」

ヴァルトルーネ皇女は、ユーリス王子の動きをたった一言で制した。

同時に、その一言で俺は全てを察した。

俺が隠れて、この様子を観察していることがバレている、と。

「何の、ことだ！」

「そのままの意味です。戯言(たわごと)だと聞き流しますか？　それとも……」

「くっ！」

王子は、彼女の発言に顔を青くし、その手を振り下ろすことなく周囲をキョロキョロと見回す。しかし結局、ユーリス王子は、俺の姿を認識できなかったようだ。

それもそのはず、俺は完璧に隠れている。常人であれば、俺の姿を見つけることなど不可能に近い。

「ふん、はったりだな。殴られるのがそんなに怖いのか？」

彼の強がりのような言葉にも、ヴァルトルーネ皇女は嘲笑で返す。

「そう思うのであれば、そうなのかもしれませんね。どうぞ、好きなようになさってください」

「――生意気なっ！」

彼女の顔色が変わることはない。どれだけ王子が腕を振り上げる素振りを見せようとも、回避する仕草もない。その余裕を崩さない態度に、流石(さすが)の王子も折れた。

「ま、まさか……本当に」

そして、誰かに見られているという可能性を加味した結果、彼はその拳を強く握りしめたまま、地面にある石を思いっきり蹴飛ばした。仮にも一国の王子。体裁というものを気にするだけの理性は、まだ残っていたらしい。

そんな彼は、あからさまに表情を歪(ゆが)め、ぶつけどころのない感情を発散したいという気持ちが全面的に表れていた。彼の腹の虫は治まらないまま。けれども、それ以上の騒動に発展するような展開は、完全に消えていた。

「くそっ！　ヴァルトルーネ……このままで済むと思うなよ。いずれこの報いは受けさせてやる！」

脅し文句もなんのその。彼女は優雅に微笑(ほほえ)む。

「できるものなら、ご存分に」

「――ちっ！　覚えていろ！」

小悪党のような捨て台詞(ぜりふ)を最後にユーリス王子は、その場を足早に去った。

何故(なぜ)だろうか。ヴァルトルーネ皇女の行動が時間を遡る前と色々違っている。

無傷でこの場を乗り切り、あろうことか、あのユーリス王子をいとも簡単に撃退してしまった。

既定路線として王国と帝国の確執が深まったのは、間違いのないことだろう。

だがしかし、その過程に大きな変化が生まれたのは、紛れもない事実。

――彼女は本当に、俺の知っているヴァルトルーネ皇女なのか？

彼女の堂々たる振る舞いを見て、疑念が募った。

「さて……邪魔者はいなくなったわね」

ユーリス王子が去り、静寂に包まれる。晴れやかな表情を浮かべた彼女は、さも当然かのようにつま先をこちらに向けた。

「いるのでしょう？」

俺が驚いたままその場で固まっていると、ヴァルトルーネ皇女は、ゆっくりとこちらに歩いてきていた。

――やっぱり、隠れて見ていたことが露見しているのか。

「もう、出てきて構いませんよ。ユーリス王子は去りましたから」

彼女は俺にだけ聞こえる程度の声で呼びかけてくる。

こちらの存在を分かっての言葉。結局、隠れている意味などなかった。

「……何故、俺が隠れていると分かったんですか？」

「何故だと思いますか？」

「………………」

「ごめんなさい。意地悪を言ってしまったわ」

楽しげに笑うヴァルトルーネ皇女。

やはり目の前にいる彼女は、過去に見た彼女とは少し違う気がした。

7

流れに任せてヴァルトルーネ皇女の前に姿を現してしまったが、その後のことについて深く考えていなかった。

時間を遡る前と大きく違う展開に困惑したまま、俺はヴァルトルーネ皇女の方へと歩く。泣き腫らした目のヴァルトルーネ皇女にハンカチを差し出したあの時とは違う。彼女はこちらの存在を即座に認識して、あろうことか俺に出てくるように呼びかけてきた。それに、ユーリス王子から婚約破棄と言われた時のヴァルトルーネ皇女は、非常に落ち着いていた。

……それはまるで、全て知っていたかのような表情だった。

今日以前に、彼女を変えるような何かがあったのか。ここまで堂々とした姿の彼女を見ていると、何か要因があるのではないかと思えてならない。

「…………」

彼女は一体……何を考えているのだろうか。

ヴァルトルーネ皇女の行動は、明らかに変化している。

かつてこの場所で、俺が目にした彼女は、触れれば壊れてしまいそうなくらいに脆(もろ)く不安定な雰囲気があった。けれども、今の彼女は全然違う。

瞳の奥にある輝きは、潰(つい)えることなく燃え続け、予定調和であるかのように堂々とした立ち振る舞いを披露してみせた。真っ白い雪のような白髪は、風に揺れて幻想的な様相を見せていた。

極め付けは、

「アルディア＝グレーツ……」

歩み寄るはずの俺が、逆に彼女から歩み寄られている。

彼女は俺の目の前まで来て、俺の左頬を包み込むように触れる。

「えっと……ヴァルトルーネ皇女殿下？」

戸惑う俺に彼女はクスリと小さく笑った。

「本物、よね？」

「え？」

そしてすぐに、柔らかい面持ちを見せる。

「ごめんなさい。貴方の困り顔が可愛くて、つい……余計なことを言ったわ」

「いえ、構いません」

「ふふっ、やっぱり……変わらないわね、貴方は」

彼女は儚げに微笑み、小声で呟く。

「ずっと……貴方に会いたかった」

「え……？」

その一言はまるで、生き別れた友人に向ける言葉のようだった。

彼女と俺は士官学校に通い続けていたが、在学中に接点はなかった。

であれば、『会いたかった』なんて言葉を発するのは不自然なこと。今の俺と彼女は、面識がないはずだ。

いや……違うな。

過去にも彼女は、俺のことを知っていたと話していた。

だから彼女が、俺のことを認知しているのは、別におかしいことではない。

「……ヴァルトルーネ皇女殿下？　失礼ながら、貴女（あなた）は俺と同じ学舎に通われていたはずです……ですので、その……」

喉に引っかかる言葉をなんとか押し殺し、努めて冷静に言葉を絞り出す。

彼女の言葉に、どういう意図があったのか聞いてみたかった。

すると突然、彼女は俺に対して頭を下げる。

「ごめんなさいね。こんなこと言われたって、貴方からしたら意味の分からないことよね」

彼女の青い瞳が、一瞬大きく揺れたような気がした。俺が彼女からの勧誘を断った時と同じ顔。ちょっぴり寂しそうでいて、それでも衰えることのない意思が籠った顔。

「皇女でっ……」

『皇女殿下!!』そう、呼ぼうとしたところ、俺の視界は完全に塞がれた。ヴァルトルーネ皇女の胸にすっぽりと収まり、彼女の心臓の鼓動がドクドクと聞こえてくるのが分かった。

「少しだけ、このままで…………お願い」

返事を返す気すら起きなかった。彼女の啜り泣く声が聞こえたから――婚約破棄はやっぱり辛いものだったのだろう。

前回と違う行動をしたのは、恐らく隠れていた俺を発見したから。

……きっとずっと我慢していたのだ。

ユーリス王子との婚約が彼女の望んだものかは分からない。だが、彼女の心が傷ついたのは明白だった。

「ダメね……泣くはずじゃなかったのに」

――泣いたっていい。あの修羅場は、彼女にとって相当応えるものだった。

しかし、俺の考えとは裏腹に彼女が次に発した言葉は、これまでしてきた考察を根底から覆すようなものだった。

「アルディア……やっぱり。今世では、貴方を私の側に置きたいわ」

決定的な一言。彼女の青い宝石のような瞳は、俺へと注がれていた。それは彼女が変化した理由の一端であると、すぐに察することができた。

「…………」

……続く言葉は、暫く出なかった。

8

私がアルディアと初めて出会ったのは、士官学校入学式前のことだった。

ヴァルカン帝国の第一皇女。ヴァルトルーネ＝フォン＝フェルシュドルフ。

私は第一皇女という肩書きと、人より優れた魔術の才能を持っていたことから、周囲には常々煩わしい人たちが多くいた。

『ヴァルトルーネ皇女、是非私を貴女の専属騎士にご指名ください！』

『俺は地方の剣術大会で優勝したことがあります。専属騎士をお探しなら、その地位を賜りたいです』

『ヴァルトルーネ、君の専属騎士に相応しいのは、僕しかいないと思うのだが……どうだろう？』

数多の男性から専属騎士にしてくれとアプローチを受けた。

帝国の皇女である私の専属騎士となれば、将来安泰。

それが周知の事実とはいえ、よく知りもしない人たちに、そんな風に押しかけられるのは本当に迷惑だった。そして、下心が丸見えな人たちにうんざりしていた。

――だから私は、

『貴方は私の専属騎士になりたいのですか？　でしたら、私より強いことを証明してください。それができたなら――私の専属騎士に任命することも一考します』

専属騎士になるための厳しい条件を設けた。

幸い、私は魔術において誰かに後れを取ったことがない。

『そ、そんな……』

『この程度の実力で私の専属騎士になろうとしたのですか？　お話になりませんね』

同年代だろうが、年上だろうが、その全てを捩じ伏せた。

多くの人が私との手合わせを望み、私はその人たちを負かし続けた。そんなことばかりしていたからか、いつしか私の専属騎士になりたいなんて言う人は殆どいなくなった。

『……これでやっと、静かになったわね』

私の実力を知ると、近付いてくる人はいなくなった。

同時に親しい人もできなかった。寂しくないと言えば嘘になるが、それ以上に憂鬱な人間関係に縛られるのが嫌だった。

静かな時間が流れていた。

けれども、それはあくまで帝国内での話……そんな平穏は刹那の間でしかなかった。

士官学校入学のため、中立区域であるフィルノーツの街に行くことになった時。

私がどれほど魔術に優れているかを知らないレシュフェルト王国を始めとした他国の貴族や騎士たちは、かつて帝国の者たちが私にしたのと同じように、私の周囲に集まり、取り入ろうしてくるようになった。

『麗しき帝国の皇女よ。ぜひとも私を君の専属騎士に』

『専属騎士はまだ決まっていないと伺いました。どうか私にチャンスを頂けませんか？』

『ヴァルトルーネ皇女殿下！』

『俺こそが相応しいです！』

『いいえ、僕の方がっ！』

──ああ、またか。本当にうんざりしてしまう。

士官学校の入学式の日。しかも早朝からこんな騒ぎを起こされるなんて、一日の始まりにしては騒がし過ぎる。

『その、少し落ち着いてください……』

穏便にその場を収めようとしたが、その気遣いは無駄になった。主張を通そうとする者たちが一堂に会した空間において、淑（しと）やかな対応は効果が薄い。

『ヴァルトルーネ様！』

『皇女殿下！』

『どうか、お願いします！』

最初は、ただひたすらに困った表情を浮かべ続けるしかなかった。

──我慢よ。帝国の皇女として、感情に流されるような行いは避けなければいけないわ。

必死に感情を押し殺そうと努めるも、それを上回る不快感が胸の内を支配しつつあった。

魔術を使って、周りに集まる者たちを一人残らず消してしまえば、静かな日々が送れるのだろうか。

そんな物騒な思考が脳裏にチラついた時だった。

『あの……そこに立たれると邪魔なのですが』

『はぁ、なんだ、お前？』

私を取り囲む人集り（ひとだか）の前に一人の青年が通りかかった。

士官学校の校門前。確かに邪魔であるし、私も周囲の方々に迷惑だろうなと思っていた矢先のことだ。

『なんだよ、何か用か？』

『ここの新入生ですが、そこに群がられると皆の邪魔です』

『はぁ……あのなぁ、俺はこの士官学校の先輩なわけ。新入生ごときが口を挟むなよ』

悪態を吐（つ）くのを無視しつつ、彼は告げる。

『……なるほど。貴方のような品のない方が先輩であるとするならば、この士官学校のレベルも高が知れるというものですね』

『……おい、今なんて言った？』

『貴方たちは無能の集まりだと、そう言ったんです』

サラッと揺れる短い黒髪が目に留まった。彼は、私を取り囲むように集まっていた人たちに向けて、ギラリと冷徹な睨（にら）みを利かせて、一番近くにいた貴族であろう令息の髪を摑（つか）み、強引に持ち上げた。

『はぁ、騒ぐのなら……ここではなく、人に迷惑のかからない端っこにして頂けませんか？　最低限の常識を身につけられないのなら、この学園には相応しくないと思いますが』

『は……はなぜっ』

なんとか、自分の髪を掴んだ彼の手を解こうと令息はもがくが、アルディアは表情一つ変えずにしっかりと掴んだまま。令息は涙目になりながら、足をバタバタと振り動かしていた。

私に向いていた視線は、一気に彼の方へと向けられた。

『おい、いい加減にしろよ……その手を放せよ』

『いい加減にするのは、そちらです。人の迷惑も考えて欲しいです』

そんな挑発じみたことを口にすれば、当然、その場にいた人たちは彼に反発の声を上げる。

顔を真っ赤にする者。所持していた刃物を構える者。挑発的な発言は、プライドの高い彼らの鼻についたようだ。しかし、その敵意を一身に浴びてなお、彼は表情を変えない。冷気を帯びたような佇(たたず)まいが、どこか他の人とは違っていて、それに気が付いた瞬間に私の瞳は彼のことを追い続けていた。

『おい、平民風情があまり調子に乗るなよ』

『身の程を弁(わきま)えるということを教えてやる！』

周囲に集まる者たちに対して、彼は一瞥をくれる。

『――間違ったことを言った覚えはないのですが？』

その真っ赤な瞳に睨まれた者たちは、一瞬怯んだような顔になったが、すぐに武力行使に移った。

『うるせぇよ。おらっ！』

『この士官学校での序列を知れぇ……！』

専属騎士に志願してくるだけあって、彼らはそれなりによい動きを見せた。けれども、黒髪の彼はそれを容易くいなす。

武器など使わず、素手のみで彼らを完全に翻弄してみせた。

その動きが無駄なくとても綺麗で、私は彼の身のこなしに、目を奪われた。

『なん……』

『嘘だろ……あの人数を、たった一人で？』

『あり得ない……』

手を出す前に戦意を削がれた者は多い。それほど卓越した身体能力を見せつけたのだ。身分の枠組みに収まるようなものではない。彼は圧倒的な恐怖を周囲に植え付け、涼しい顔で立っていた。

『痛っつ……』

『ば、化け物だろ……こいつ』

死屍累々の光景が広がっている。誰もが彼を恐れるのは、当然のことだった。周囲に倒れた者を含め、その場に居合わせた者は、一人残らず彼に恐怖の感情を抱いていた。

そして彼は、サッと背を向け、冷酷な視線を倒れた者たちに浴びせる。

『……先輩方の実力は、この程度なんですか？』

中心に立つ彼の姿は完成された騎士そのもの。いや、騎士という存在すら凌駕していると思えるくらいに圧倒的な強者の風格を纏っていた。彼の負ける姿が浮かばない。軽い気持ちで手を出してはいけない存在だと、誰もが危機感を覚えるくらいに威圧的。

『はぁ……』

ため息を吐く彼の瞳は、鮮やかな紅色だった。

それが恐ろしく、同時にその堂々たる立ち姿に見惚れてしまった。

『あ、あのっ……！』

――気付けば、私から彼に声を掛けていた。

こんなのは初めてだ。

誰かに声を掛ける時に、ここまで緊張することなどこれまでなかった。心臓の鼓動がうるさく鳴り、顔が熱くなるのが自分でも分かる。

私に話しかけられた人は大抵嬉しそうな反応を示す。けれども、彼は至極冷静な態度で私に向かって一礼し、そのまま床に膝をついた。

『お騒がせ致しました。皇女殿下』

『い、いえ……迷惑だなんて思っていないわ。むしろ、助かったくらいよ』

殺気は消え失せ、静かな空気感を纏った彼がそこにいた。

『そう言って頂けるなら、幸いです』

彼は私が求めていた理想の騎士そのものだった。

私よりも強く、誰に対しても決して媚びたりしない。それでいて礼儀正しい一面も有している。彼を専属騎士にしたいという気持ちと、恋心が同時に押し寄せた。完全に一目惚れ状態だった。

『あの、よろしかったら、名前を……聞かせてくれるかしら？』

彼は少しだけ戸惑ったような表情を浮かべたが、すぐに冷静さを取り戻したように澄ました顔をする。

『俺の名は……アルディア＝グレーツです』

『そう、アルディア＝グレーツ……』

『はい、それが俺の名です。……それでは、俺はこれで失礼致します』

『待っ……！』

呼び止めるよりも前に、アルディアは、足早にその場を去ってしまった。

『…………』

もっと色々と話したかったが、名前を聞けただけでも十分だった。

アルディア＝グレーツ。初めて自分よりも強いかもしれないと思える人を見つけた。

自分よりも弱いなら、専属騎士なんて必要ない。ずっとそう考えてきた私が、考えを改めた瞬間だった。そのきっかけは、後に王国最強の騎士と謳われるアルディア＝グレーツとの出会い。

そして、彼は私の初恋の相手でもあった。

『アルディア……グレーツ……そう、彼ならもしかしたら』

彼の背を、その場でずっと見つめていた。彼もまたこの学舎の生徒。

――この場所で彼と仲良く、なれるかしら？

……私らしくない。こんなに浮かれるのはいつぶりだろうか。口角は上がり、人目も気にせず嬉しそうな表情をしていたと思う。残念ながら、士官学校に在籍した五年間、私が彼と言葉を交わすことはなかった。

それは彼の身分が平民であり、王国出身であったことが一番の原因だった。

『ヴァルトルーネ皇女殿下、騎士科に在籍するアルディア＝グレーツの調査が終了致しました』

アルディアに関してはすぐさま帝国の諜報員に調べさせた。彼は貴族ではなく、騎士として名を挙げたという記録もなかった。一般家庭に生まれた凡庸な学生。

士官学校内での成績も、可もなく不可もなくというようなパッとしないもの。

あの時見た光景とは、到底嚙み合うことのない人物像が浮かび上がってきた。

『その……お言葉ですが、彼を専属騎士にするなどというのはやめておいた方がいいかと。偉大なるヴァルカン帝国の皇女である貴女の品位が疑われかねません。彼は、あまりにも平凡であり、専属騎士には相応しくない。専属騎士は、別の方を探した方がいいと具申致します』

『そう……分かったわ。ご苦労様』

不自然に感じたが、諜報員の仕事に文句をつける気はない。

諜報員の言葉に頷いた私は、そのままアルディアを専属騎士に任命しようとはしなかった。彼のことを五年間ずっと目で追いながらも、私は彼と最後まで仲良くなれなかった。

身分の差に加え自分の目で見たものではなく、又聞きした情報を信じてしまったから。

『アルディア……グレーツ。貴方は何者なの？』

呟く言葉に答える者はいない。空虚に広がる青空は、驚くほどに澄み切っていて、こちらの悩みなど意にも介していないかのようだった。

『なんで、私は彼のことをこんなに……』

——気にしているのだろうか。

そう思いながらも、正解に導かれることはない。士官学校を卒業してからは、彼と会うこともなくなった。もう会えないと思っていた。会う理由もないと思っていた。だから、必死に忘れようとした。

一時（いっとき）だけの淡い感情。彼への恋心は、きっと何かの間違い。

私に相応しい専属騎士なんてきっと現れないのだ。彼は違うのだから……そういう結果が出てしまった。いつまでも、未練がましく縋（すが）っても意味などない。

――その判断が誤りであると、どうして私は、気付けなかったのだろうか。

本当に私は愚かで幼かった。結局私は、自分自身の直感すら信じていなかった。

フィルノーツ士官学校を卒業後、私はユーリス王子との婚約を破棄した。

彼との婚約破棄は、帝国と王国の関係を悪化させた。婚約関係が破綻したことは、両国のみならず、周辺国にも動揺を与える。そしてそれは、世界に大きな混沌（こんとん）をもたらした。

……そして、最悪の結末を辿（たど）ることとなる。

婚約破棄から僅か一年後に、両国は戦争状態に陥った。

周辺の国々は帝国側を一方的に非難した。

元々、帝国には同盟国が少なく、その同盟国に対しても婚約破棄の理由をきちんと伝えていなかったために起きてしまったこと。全てこちらの不手際が招いた事態だった。

そして、全世界が王国側に付いた。いくら帝国が世界屈指の大国だとしても、複数の国からの侵略行為に対処するのは難しい。

戦争は六年間という長期間に渡って行われたが、帝国の敗北で幕を閉じることになる。

帝国軍は王国側の領地に足を踏み入れることすらできなかった。

武力では解決できないほど、敵の数が多かったのだ。

『あの時……アルディアともっと親密になっていれば、結果は、変わったのかしら』

戦場を駆け抜けている時、私はふとそんなことを思った。

彼を懐柔しようとして、失敗したすぐあとのことだった。

『悪い。王国には、友人や家族がいる。だから、帝国に寝返ることは……できない』

――そう、よね。敵国の……しかも皇女からそんなこと言われたって、困るわよね。友人や家族は大事だもの。仕方ないのよね。

考えればすぐに分かることだ。彼は王国の騎士。祖国を裏切ることなど無理な話だ。

『それでも……考えずにはいられないのよね』

――もしも、私が彼の友人だったら、あの話を聞き入れてもらえたのかしら？

彼と最初に出会ったあの時に、手を伸ばさなかった自分が悪い。

アルディア＝グレーツは、帝国内でも恐れられるほど立派な騎士になっていた。

『冷徹なる黒衣の魔王』

どれだけ傷を負っても臆することなく前に進み、友軍が全滅しても臆することなく進み続けてくる。

彼の握りしめた真っ黒な剣は、帝国兵の血によって赤く染まる。容赦のないその一方的な戦い方は、目を覆いたくなる程に悲惨な現場を幾つも生み出した。

まさに『魔王』と呼ぶに相応しい最強の騎士。

帝国軍にとっては、彼の登場こそが最大の脅威とさえ言われた。逃げ惑う敵兵を容赦なく蹂躙し、彼の通った道には死体の山が築かれる。彼が味方であったなら、帝国はまだまだ持ち堪えられる可能性があった。そう思わせるくらいの一騎当千ぶりを彼は、まざまざと見せつけてきた。

逆に彼が敵であったから、帝国は王国に対して苦戦を強いられたという事実もある。

――私がこうして戦場に駆り出されるのも、彼がいるからなのよね。皮肉なものだわ。母国の傷が広がるたびに彼に会えるのだから。

それを心のどこかで少し嬉しく思っている自分がいる。

『ヴァルトルーネ皇女、貴女は何も悪くなかった……』

戦争が終わり、私が王国の牢に囚われている時も、彼は私のことを虐げたりはしなかった。帝国の皇女に対して敬意を払い、接してくれた。やっぱり、彼と共に皇女としての道を歩んでみたかった。

『アルディア……貴方は、どうして私に優しくしてくれるの？』

『命の恩人に冷たくするほど、非道な人間じゃありません』

あの時のことだろう。

彼を治療してあげた時の……本当はあのまま何もせず、彼が絶命する瞬間を傍観していた方が良かったはずだった。皇女として、あの時アルディアを治療したのは大きな間違いだった。

けれども、私はあの時のことを後悔していない。

『貴女は誰よりも優しくて、本当は戦争なんて望んでいなかったはずだ……皇族だからって、こんな仕打ちを受けるべきじゃない』

何故なら、彼が私のためにこんなに苦悩に満ちた顔をしてくれているのだから。私のことを本気で大事に思ってくれることが嬉しかった。私の肩書きだけを見ていない。本当の私を見てくれている。彼こそが、私の理解者だったのだろう。

私の処刑日は、すぐそこまで迫っていた。でも、不思議と恐怖はない。

『また、明日来ます』

『ええ』

彼と会えば、不安なんて嘘みたいに吹き飛んでしまう。

私の命が尽きる日は刻々と迫る。

アルディアは私の牢に毎日訪れ、食事やその他日用品を甲斐甲斐しく持ってきてくれた。

『皇女様、アルディアさんが来ましたよ』

私と親身に接してくれるのは、牢の中で側付きだった子とアルディアだけ。

『いらっしゃい、アルディア。ずっと待っていたわ』

——けれども私は幸せだった。周りにいてくれる人は随分と減ってしまったけれど、私のことを大切に思ってくれている人たちは、こうしてまだいる。それで満たされていた。

『寒くありませんか？　牢の中は冷えます』

『そうね、少しだけ肌寒いわ』

『これをどうぞ、気休め程度にはなるかと思います』

彼は持ってきた毛布をソッとかけてくれた。

『ありがとう、アルディア』

どうでもいい内容の話でも、彼と交わした言葉は宝物だった。

私の中で温かく、かけがえのない思い出となった。過酷な戦場を歩み、私の足は傷だらけになってしまった。しかし、彼の顔を見れば、その傷が癒えているような感覚を覚えた。

死の直前が私にとって、最も幸せな時間だったのかもしれない——本気でそう思えた。

『これより、ヴァルカン帝国の特級戦犯であるヴァルトルーネ＝フォン＝フェルシュドルフの斬首刑を執り行う』

私の全てが終わる瞬間、彼の顔が見えた。

人混みに紛れていたけれども、彼のことは一目で分かった。

とても悲しそうに目を潤ませて、口は噤(つぐ)んだまま。

——そんなに泣きそうな顔をしないで、私は大丈夫だから。

心はとても穏やかだった。

——ありがとうアルディア。ヴァルカン帝国最後の皇族になるのは不名誉なことだけど、貴方と過ごした時間は死んでも忘れないわ。

『刑を執行せよ！』

——だから、もし生まれ変わったら、今度は私の隣を一緒に歩いてね？

9

「アルディア＝グレーツ。私と共にヴァルカン帝国に来てくれないかしら……いいえ、来なさい！」

それは、お誘いなどという軽いものじゃなかった。

絶対的な支配者からの命令に近いものである。

レシュフェルト王国出身の俺にそんなことを要求するのは驚きだ。いや、彼女はあの時も——かつて戦場で邂逅（かいこう）した時も同じようなことを告げていた。

ユーリス王子との婚約がなくなった瞬間から、これを言うつもりだったのだろうか。

ヴァルトルーネ皇女の発言から、俺は悟った。

彼女もまた俺と同じなのではないか、と。

「…………」

黙りこくると、彼女は俺の手をゆっくり取った。

「急な話で困惑したでしょう。無理もないわ……祖国を離れて隣国に来るなんて、難しいことよね」

——違う。

その悲しそうな顔を見て、俺は咄嗟にそう答えそうになる。だが、彼女の言葉の続きを聞いて、俺の言葉は見事に詰まった。

「でも、お願い。私は貴方が欲しい……」

それは、彼女の心の奥底からの叫びのように思えた。

過去の光景が重なる。俺に手を差し伸べ、共に歩きたいと告げてくれたヴァルトルーネ皇女の姿が……かつて見た戦乙女の面影が重なった。

「……ヴァルトルーネ、皇女殿下」

名を呼ぶと、彼女はやや俯く。

「………」

その憂いに満ちた表情を見て、胸が張り裂けそうになった。

俺の答えは過去に戻ったと認識した瞬間から、一度も変わっていない。

ヴァルトルーネ皇女のために生きたいと。死ぬ間際に願ったことを忘れていない。

「……無理強いはしないわ。来なさい、なんて偉そうに言ったけれど、貴方の意思を無視してまで引き抜こうとは思わない。でも、少しでも、その気持ちがあるのなら……」

——ああ、やっと。

「私と共に帝国に……」

――やっと、貴女から受けた恩に報いることができる。

彼女は俺に断られると思っているのだろう。言葉遣いの節々から苦しさが滲み出ていた。

彼女は知っているのだ。俺の祖国には、俺の大切な人が多くいるということを――それはきっと、俺の過去を知っているからだ。彼女の差し伸べた手を取らなかった日の言葉を、帝国との敵対を選んだことを知っているからこその悲観。

だが今の俺はもう、彼女の手を振り払ったりしない。

……一度全てを失った。中途半端な立ち位置に居座り続けた結果は最悪なものになった。

――今度は絶対に、優先順位を間違えることはない。

彼女が、どうして俺なんかをそんなに欲しているのか。それは未だによく分かっていない。けれども、彼女が俺を望み、俺も彼女を望んでいる。

なら答えはもう決まっている。

「頭を上げてください、殿下」

「――――っ！」

下を向いたまま震えている彼女に俺は優しく声をかけた。彼女は顔を上げるが、その瞳は潤み、俺の断り文句に身構えているような感じだった。

「私は……私、は……！」

弱々しい声を出す彼女の顔をじっと見る。そんなに不安そうな顔をしないで欲しい。

——俺はもう、迷わないと誓った。彼女の目に溜(た)まった大粒の涙をそっと拭う。

「ご一緒させて頂きます。殿下」

「えっ……!?」

信じられないというような表情だった。

「そ、それは……?」

『どうして』、と。彼女はそう聞きたそうに、こちらを見てくる。

「本当にいいの？　帝国に来てくれるの？」

「もちろんです。それが貴女の望みであるのでしたら、俺はそれに従います。それに、平民の俺が、皇女様の命令を拒むことなどできないでしょう？」

「い、いえ……嫌なら無理に聞く必要は！」

「嫌なものですか。嬉(うれ)しいに決まっています」

彼女の隣を歩く権利を与えられて、嬉しくないなどと思うはずがない。

そして、彼女の言動から俺は完全に理解した。彼女は俺と同じで、あの時の記憶が残っている。だからこそ、こうして俺を誘ってくれたのだ。ならば尚更(なおさら)……彼女から受けた恩を返す必要がある。

その美しい顔が、悲しみに歪(ゆが)む瞬間を俺は知っている。そんな未来を俺は望まない。彼女にはずっと笑っていて欲しい。そのための力添えを俺はしたい。

「殿下にお伝えしたいことがあります」

「何、かしら？」

俺がどうして彼女の要求を呑んだのか。これを聞けばきっとヴァルトルーネ皇女も納得してくれるはずだ。俺は真剣な眼差しを彼女に注いだ。

「殿下……今生でも、貴女に出会えて俺は本当に幸せです」

——今度こそ、貴女の幸せな未来を途絶えさせはしない。

貴女が望んでくれるのなら、俺は迷わず隣を歩きます。


ヴァルトルーネ皇女と再会を果たしたことは、俺にとって何よりも嬉しいことだ。

そして、劇的な展開としては、彼女もまたあの忌まわしい記憶が残っていること。

「アルディア……貴方、まさか」

衝撃を受けているのは、俺も同じだった。

彼女もまた、死ぬ以前の記憶を持っているとは思わなかったから。

俺は彼女の目下に跪く。

「殿下が想像されている通りです。俺も殿下と同じくあの忌々しい戦乱の記憶を持つ者です。ずっと後悔していました。貴女のために剣を振るわなかったことを……」

「そんなことがあるの……？」

「あるんです。俺は——貴女の力になれなかった王国の騎士でした。だからこの時代に戻ったと気付いた時に誓ったのです。今度こそ、貴女の剣として戦いたいと」

「――――っ！」

彼女と親しくなれたのは、全てが手遅れになってからのことだ。

だが今回は違う。まだ戦争すら起きていない。ヴァルトルーネ皇女は、目の前でちゃんと生きている。

「殿下。俺はこの世界で、貴女に忠誠を誓います。貴女を守る剣として、盾として――それが、俺が貴女から受けた恩に報いるために唯一できることなのです」

返せなかったあの時の恩を、今――返す時だ。

「本当に？」

「……ええ、誓います」

俺は凡庸な平民に過ぎない。王国のために、『骨を埋める覚悟がある！』という貴族みたいな気概はない。

王国側で戦っていたのも、大切な人たちを守らなければという一心だった。

でも、今となってはそんなことに縛られる必要なんてない。

「殿下。俺で良ければ、いくらでも貴女のために戦いましょう」

今の俺にとって、最も守りたいと思えるものは、彼女の笑顔だ。

「ありがとう。アルディア」

感謝したいのは、俺の方だった。望む君主に仕える機会を与えられて、今度は敵としてではなく、味方として存分に戦うことができる。剣を振る大きな理由を得ることができた。

「良いのね？　私は前回と同じで、レシュフェルト王国と戦うわよ」

「はい。殿下の覚悟も、俺は知っているつもりです。付き従います、どこまでも」

彼女と暫く見つめ合った後に、彼女から手が差し出される。

「ヴァルトルーネ＝フォン＝フェルシュドルフよ。改めてよろしくお願いするわ」

「アルディア＝グレーツ。微力ながら、力になることをお約束致します。この命尽きるまで、貴女のためだけの剣となり盾となりましょう」

「ふふっ、なんだか気恥ずかしいわね」

「そうですね」

「不思議な感じだわ。敵だった頃の貴方は脅威だったけれど、味方になったと思うとこうも頼もしいのね」

「買い被り過ぎですよ」

俺たちは再び出会えた。もしかしたらこれは、神が与えてくれたやり直すための機会なのかもしれない。


フィルノーツ士官学校卒業式。

この日、世界の運命は大きく揺らぐことになる。

王国と帝国の対立。それは大きな戦乱の前兆だった。

そして俺は、彼女に尽力する覚悟を決めた。

帝国の消滅も、彼女の処刑も、全ての大切なものを失う経験も——今回は決して起こさない。その全ての要因を俺が消し去るからだ。

彼女の敵は、全て打ち滅ぼす。

——その可憐な笑顔を守るためなら、どんな逆境でも乗り越えてみせる。

第二章　皇女と歩む覇道の始まり

1

ヴァルトルーネ皇女に忠誠を誓った翌日。

俺は、フレーゲル誘致のため、ヴァルトルーネ皇女の手を借りながら、黙々とその準備を進めていた。

現在地は、彼女が所有する皇族専用馬車の中。内装は豪華絢爛。俺のような平民には一生縁のなさそうなものだ。

そして、車内はヴァルトルーネ皇女と二人きりの空間。

……なんだか落ち着かなかった。

しかし、俺たちの話を他の誰かに聞かれないようにするためには、この馬車以上の密室はない。

「フレーゲル＝フォン＝マルグノイア子爵令息は私も知っているわ。確かヴァルカン帝国のライン公爵家次女であるマリアナ嬢と婚約していたはず」

「そうですか……公爵家の御令嬢と」

車内では、今から会いに行こうとしているフレーゲルの話をしていた。

――まさかフレーゲルの婚約者がそんな大物とは思わなかったな。公爵令嬢と親しくなっているなんて驚きである。

しかし、マルグノイア子爵家にい続ければ、彼はマリアナ嬢と引き離されることになると彼女は話す。王国と帝国は、この先どんどん関係を悪化させていく。

「フレーゲルは、前の世界で行方不明になっています。だから、彼がどうなったのか気になっていました」

「実は、マリアナ嬢も戦時中に行方不明になっているの。彼女が生きているのか死んでいるのか、当時は分からなかったけど……」

「まさか……」

「駆け落ち……」

その可能性に、俺と彼女は同時に至った。

国の亀裂をものともせず、二人は共に歩むという選択をしたのではないか。そう考えると、過去に行方不明になった彼が不幸せだったとは言い切れない。俺のできなかった選択をし、その信念を貫いたというのなら、それは何にも代えがたい価値がある。

「その可能性は高いと思うわ」

「なら下手に手を出さない方がいいのでしょうか……二人の幸せがそういう形で成就するのなら」

ただの平民である俺が誘うならともかく、今はヴァルトルーネ皇女に忠誠を誓った身。

フレーゲルを帝国に招こうものなら、間違いなく彼も戦争に巻き込まれる。だからこそ、どうするのが正解か……判断に迷う。

軽はずみな行動が自らを滅ぼすトリガーになり得ると、過去に嫌というほど味わった。

そんな俺に対し彼女は少し考える素振りをした後に口を開いた。

「アルディア、後悔のない選択をしなさい。貴方はどうしたいの？」

「――――っ！」

言葉に含まれる意味合いが俺の心に深く刺さった。

彼女自身の戒めとも取れる言葉。

俺と彼女は二度目の人生を送っている。だからこそ、『やらずに後悔しないで』というような感情が伝わってくる。

「失敗はもう十分でしょ？　この世界では、悔いがない道を信じて進めばいいと思うの。そうは思わないかしら？」

――つまり彼女は、どんな結果になったとしても、今の自分にとって最良の選択をするべきである、と。そう告げていた。

彼女の言う通りだった。なんのためにこうして、もう一度チャンスを与えられたのかを見失うところだった。俺はフレーゲルと友達であり続けたい思っている。俺の中で、答えは固まった。

「ありがとうございます。雑念はもうありません。俺はフレーゲルを必ずこちら側に引き入れます」

「ええ、その調子よ」

フレーゲルをマルグノイア子爵家から引き抜く。

彼がもし嫌がるのであれば、その時は考えを改める。ただ、俺の望みを彼が了承してくれたのなら……その時は精一杯、彼のことを支えてやりたい。

「彼はとても優秀です。ですので、必ずこちらの陣営に加えたい人材です」

「そうね、彼の士官学校での成績を見れば、どれほど有能なのかはよく分かるわ。それにマリアナ嬢と婚約していたということであれば……公爵家の後ろ盾が得られる可能性もある。私としても彼を囲い込まない理由が見当たらないわね」

仮に敵対することになったら、厄介な相手となるのは間違いない。

だが、結末は一つじゃない。幾千もの分岐点があり、その中から選び抜いたものが未来に繋がっている。ならば、フレーゲルと共に進んでいく未来も望めるはずだ。

「フレーゲルの望む条件を提示することができれば、彼を帝国に呼びやすいです」

「なら、彼とマリアナ嬢の仲が、引き裂かれないように手引きすればいいのよね」

「はい、お願いします」

そして、貴族間の問題であろうとも、俺と彼女ならそれを可能にするだけの力がある。

何故なら俺たちは、二度目の人生を送っているから。どんな障害があっても、乗り越えていけるはずだ。

「もうすぐ到着よ。説得は貴方に一任するけど、きっと大丈夫よね」

「はい、最善を尽くすつもりです」

だから、失敗は許されない。

焦りと緊張感が頭の中を支配する中、馬車の動きがゆっくりになった。

もう屋敷は目の前にある。

やがて馬車は完全に動きを止め、彼女は俺の肩に手を置いた。

「アルディア着いたわ」

深く息を吐く。

しかし結局、動悸は収まらないまま。

「大丈夫？」

「問題ありません……」

「とてもそうは見えないけれど」

彼女の言う通りだ。緊張で手が小刻みに震えている。それでも、覚悟を決めた以上は全力で彼との交渉に挑む。

「殿下、それでは行ってきます」

「ええ、頑張ってね……」

「はい」

ヴァルトルーネ皇女と視線を交わしてから、俺は馬車から降りた。そして、フレーゲルが屋敷から出てくるのを待つ。

風の冷たさなど忘れてしまうほどに、時間の経過が長く感じた。

――来たか。

近付いてくる足音を聞き、そちらに視線を向けた。

「フレーゲル」

「アルディア……どうしてここに？」

かつて失った友人との再会は、マルグノイア子爵邸の近くにある脇道でだった。

残念ながら、平民である俺が貴族の屋敷に足を踏み入れることはできない。だから、彼が出てくるのをこの脇道で待ち続けた。

ヴァルトルーネ皇女は少し離れた場所に馬車を停(と)め、こちらの様子をさり気なく見守ってくれている。

失敗はできない。

俺は必ず、フレーゲルを帝国に連れ帰る……そう静かに意気込んだ。

久しぶりに見た彼の顔色は悪く、少し痩せ細っているような気がする。

「少し話があるんだ。……いいか？」

彼は俯(うつむ)き、気まずそうに瞳を逸(そ)らす。

「卒業式に行けなかったことか。悪かったな……ちょっと色々あって」

「その話じゃない」

「――違うのか？」

「ああ、別件で会いにきた」

　今回の本題はそこではない。

「まあ……ペトラはブチ切れてたけどな」

「……うっ、やっぱりそうか」

「けど、俺は別に怒ってない。事情も……なんとなく分かるしな」

　卒業式の前に集まらなかったことで、俺が怒っていると思ったのだろう。

　だが、ペトラが激怒していようとも、俺はフレーゲルを咎めたりする気は微塵もない。何故なら俺は、全ての事情を知っているからだ。非がない者を責めようだなんて考えない。

「じゃあ、今日はどうしてここに？」

　半ば投げやりな口調で尋ねてくる。

　恐らく、婚約者との関係を切らされた後なのだろう。やさぐれ具合が顕著に表れていた。傷を抉るようで申し訳なく思うが、今は気を配っている時間はない。大きく息を吸い、俺は彼の瞳をしっかり見つめる。

「フレーゲル。単刀直入に言う。王国を出て、一緒に帝国に来てくれないか？」

「……は？」

　――それは、そうなるか。

彼の唖然とした顔が困惑の大きさを表していた。

その後、話し合いは、ほんの数分間で終わった。

結論から言うと、俺はフレーゲルの引き抜きに成功した。

聞けば、帝国貴族のマリアナ嬢との婚約破棄を父親から迫られ、家族仲に大きな亀裂が入ったとのこと。彼としても、納得できないところが少なからずあったようだ。

「……分かった。ヴァルカン帝国に行くよ」

彼は快く返事をしてくれた。

これにて、フレーゲルをマルグノイア子爵家から引き抜くという目的は達成した。

……ここで話が終われば大団円のハッピーエンドであったことだろう。

けれども、そう簡単には終わらなかった。

「なっ、なんでヴァルトルーネ皇女殿下とお前が一緒の馬車に乗ってるんだよ⁉」

それは、帰り際のことだった。

うっかり俺とヴァルトルーネ皇女が一緒にいるところを見られてしまい、フレーゲルから鋭い視線を向けられる羽目になったのだ。

驚嘆の声を上げて、顔色を二転三転させている彼にヴァルトルーネ皇女は凛とした佇まいのまま優しげな眼差しを送る。

「アルディアは……私の大切な人になったの。それが行動を共にしている理由よ」

「たっ、大切な……人!?」

誤解を招くような言い回しだ。質問攻めにされる未来が見える。なんとか弁明しようと言葉を紡ごうとするが、それも虚しくその誤解は広がり続ける。

「アルディアには、ヴァルカン帝国の軍務に従事してもらいます。そして……」

「そして？」

「最終的には、彼を私の専属騎士に任命するつもりよ」

「――――っ!?」

それは、俺もまだ聞いていないことだった。

俺はただ、彼女に忠誠を誓うとだけ言った。それが専属騎士……？

そこまでの展開を想定していなかった。

帝国において、皇族の専属騎士になるということは、言葉以上の意味を含んでいる。

仕える主君の身を守るのは当然として、主君の命令をなんでも聞かなければならない。どんな命令でもだ。

彼女の場合、無茶な命令は出さないとは思うが、俺は内心かなり動揺していた。

「殿下、その話は本当なのですか？」

「ええ……ごめんなさいね。言ってなかったわ」

――この顔は、確信犯だ。

ヴァルトルーネ皇女は、わざとらしく微笑んだ。

彼女の口から出た爆弾発言に俺は当然驚き、フレーゲルも腰を抜かして、俺の肩を強く殴る。

「……アルディア。お前……皇女殿下に何をしたんだよ！」

「いや、何もしてない」

「嘘つけ！　絶対弱みとか握ったりしてるんだろ。そうでなければ、彼女が意味深なことを言うはずがない！」

彼の脳内ではきっと、俺がヴァルトルーネ皇女を脅している場面が連想されているのだろう。

――頼むから、変な妄想は控えてもらいたい。

「ふふっ」

「――――っ！」

俺の慌てふためく様子を見たヴァルトルーネ皇女が楽しそうだったのは、きっと気のせいじゃない。

敢えてフレーゲルが驚くように、際どい言葉を選んだに違いない。これから先も、彼女に弄ばれ続けるのだろうかという考えが脳裏をよぎった。

2

フレーゲルの家を訪問した翌日。

フィルノーツから少し離れた王国領の端に、大事な友人たちを呼び出した。

王国と帝国が引き起こす戦争。その争いによる被害拡大のことを考え、俺は彼らを帝国に連れて行くことに決めた。

大事な友人たちを戦争で失う経験はもうしたくない。

今回こそは、誰一人として欠けさせない。

これはそのための布石だ。

ヴァルトルーネ皇女にお願いし、彼らが安全に帝国へと向かえるよう、移動手段の手配をしてもらった。

その結果が……。

「……騎竜（キリュウ）、か」

大きく翼を広げ、咆哮（ほうこう）を上げる騎竜を前にし、吃驚（きっきょう）することだった。

騎竜にはあまり良い思い出がない。一度目の人生で、俺はこの騎竜という強大な敵に何度も苦しめられた。幾度となく戦ったが、空中から不規則に素早く移動をしてくる騎竜には手を焼かされた。

一般的な兵士が数十人がかりで対応しても、騎竜の動きを止めることは難しい。またその凶暴性から、乗り手がいなくとも勝手に暴れ回るという害悪っぷり。改めてとんでもない生物だなと感じてしまう。

「アルディア、どうしたの？」

「いえ、本当にこれに乗るのかと思うと、少し胃が痛いだけです……」

「……なるほど。貴方からしたら、そういう反応になるのね」

ヴァルトルーネ皇女は色々と察したように笑う。

騎竜と戦い、何度も死にかけ、その結果……俺は、騎竜が苦手になっていた。

「それにしても、よく騎竜を呼べましたね……」

尋ねると、ヴァルトルーネ皇女は微笑み答える。

「皇女なら、これくらい容易(たやす)いことよ」

なんだか凄(すご)く誇らしげだ。

「それにアルディアが騎竜に乗っている姿も見てみたいしね」

イタズラっぽい笑みは可愛(かわい)く思えるが……とても笑える気分ではなかった。

ヴァルカン帝国への移動用として、兵士数名と共に手配された騎竜。人間よりも遥(はる)かに大きく、帝国では騎竜の軍事利用が盛んに行われている。

その代表たる騎竜を目の当たりにして、俺は顔を青くしていた。しかし、他の者たちは違う反応を見せる。

「騎竜だ……すげぇ。俺初めて見たわ……」

目をキラキラと輝かせ、騎竜の方に手を伸ばしているのは、スティアーノ。

下手に近寄ると嚙まれる危険性がある。だから俺なら、安易に近付こうとは思わない。

彼の行動が少しだけ心配だが、興味が湧く気持ちも分かる。

戦時中はそこら中で騎竜を目撃していた。しかし、王国出身で今の平和な環境であれば、騎竜を目にする機会なんてほぼない。

「帝国内で最も、優秀な血統を持つ騎竜です。帝国内では他にも多くの騎竜を飼育しておりますが、この種の騎竜は他とは比べ物にならないくらいの速力、知性、攻撃性を備えています」

ヴァルトルーネ皇女は自慢気に語る。

それを観察しながら、ペトラが呟く。

「それにしても、不思議ですね。アルディアはどうして……ヴァルトルーネ皇女とベッタリくっついているんだろう……ね？」

ああ、寒気がしてくる。

ヴァルトルーネ皇女の真横に立っていると、険しい表情を浮かべ、鋭い視線をペトラが送ってきた。

「ペトラ、あのな」

「ふんっ！」

弁解の余地はなさそうだな。

一度目の人生でできた縁……と言ったところで、きっと信じてはもらえないだろう。

俺でも実際に時間が巻き戻るという経験でもしなければ、それは理解しがたい。

「アルディアとは、卒業式の日に偶然知り合ったんです」

「そうなの？」

「ああ、殿下の言う通りだ。間違いない」

「ふーん……」

俺たちが行動を共にしている理由をヴァルトルーネ皇女が簡単に説明したが、ペトラは懐疑的な視線を向け続ける。

「詳しい説明は、帝国に着いてからする。それじゃあ、ダメか？」

「はぁ……分かったわよ。今のところはそれで納得してあげるわ」

ペトラの承諾を得たところで、俺は深く息を吐いた。


「それにしても、本当に集まったんだな」

この場には、俺の友人一同が集まっている。

士官学校にまだ通い続けるアディとトレディアはいないが、俺、スティアーノ、ペトラ、アンブロス、ミア、フレーゲルの六人が集まっている。その他にヴァルトルーネ皇女と彼女の連れてきた騎竜兵数名が一堂に会していた。

「まあ、そういう予定だったしな！」

「ね～！」

テンションの高いスティアーノとミアは元気よく喋る。

「にしても……多いな」

かなりの大所帯。人通りが多く目立つ場所での集合じゃなくて良かったと思った。

「皇女殿下！　それで彼らは何者なのですか？」

騎竜兵の若い男の一人が声を上げた。

俺たちのことが気になるのだろう。

「彼らは私の大切なお客様です。帝国に招待するつもりですけど、何か問題がありますか？」

渋い顔のまま偉そうな態度だった騎竜兵は一歩引き下がる。彼はきっと貴族の令息だろう。俺たちは何者かとヴァルトルーネ皇女に聞きつつ、フレーゲルに対して鋭く視線を向けている。服装で彼の身分が高いことを察したのだろう。

彼は、王国貴族であるマルグノイア子爵家の四男。

帝国の貴族からしたら、他国の貴族とヴァルトルーネ皇女が親しくしているのが気に入らないようだ。

「勘違いしているみたいですが、俺と皇女殿下は親しい間柄でもなんでもありませんよ」

「お前には聞いていない。王国貴族があまりでしゃばるなよ」

ヴァルトルーネ皇女が婚約を破棄した。その話が帝国内で出回っているからだろう。騎竜兵の男は、フレーゲルに対して冷たい言葉をぶつけていた。

「……皇女殿下。失礼を承知の上で申し上げますが、私は彼らが帝国領内に足を踏み入れることに反対でございます」

「へぇ、それはどうしてかしら？」

「王国との友好関係が、今後どのようになってゆくのか。皇女殿下ご自身も理解されているはずです。それなのに、王国貴族を客人として招き入れるなど、皇帝陛下が許すとお思いですか!?」

確かに、今の俺たちが帝国入りすることを、よく思わない者は一定数存在する。それは帝国に限った話ではなく、王国側もそうだろう。

だがヴァルトルーネ皇女は、毅然とした態度を崩さない。

「お父様の許しを請おうなどとは思っていません。私の友人を国に招くことに何の問題があるというのですか？」

「百歩譲って、そこの王国貴族を帝国に招待するのは認めましょう。ですが、それ以外の者たちは平民ですよね？　彼らを客人として招くなど、皇女殿下の品位を損なうかと」

帝国は貴族至上主義の国だ。

戦争中もその影響が顕著に表れ、将官は帝国貴族の令息、令嬢などが大多数を占めていた。貴族でない将官が多く台頭してきたのは、帝国が追い詰められた終戦間際のこと。

騎竜兵の男が抱く平民への差別意識は、珍しいものではない。帝国貴族であれば、誰もが持つ思想。当たり前のことなのだ。

「それは、私の目が節穴だと言いたいのですか？」

「い、いえ！　決してそのような意図はなくて……」

「では、私が誰と親交を深め、誰を客人として自国に招待しようとも、私の勝手ではありませんか？」

「そ、それは……そうかもしれませんが」

ヴァルトルーネ皇女の言葉を聞き、男は歯を食いしばりながら俯いた。

「リーノス卿、彼らは私の大切なお客様です。失礼のない対応をお願いします」

「──っ！　申し訳ありませんが……俺は彼らのことを認められません！」

リーノス卿と呼ばれた騎竜兵の男は、自分で連れてきた騎竜に跨り、空中へと飛び立った。その様子を唖然とした顔で見ている他の兵たち。

唯一、彼の行動に声を荒らげたのは、

「おい、リーノスッ！　任務を放棄するのかっ！」

騎竜兵の中で一際屈強な肉体を持つ、大男だった。

「俺は、この状況を認められない！　絶対に！」

「規律を乱すことは、いくらお前であっても許さんぞ！」

「知るか、そんなこと……！」

騎竜に乗った彼は、叱責を聞かずに、そのまま遠くまで飛んで行ってしまった。

「おい！……はぁ、あそこまで離れては、もう呼び戻せんな」

豆粒に見えるくらい、その距離は離れてしまっていた。

大男は呆れた様子でそちらに目を向けていたが、やがてヴァルトルーネ皇女に視線を戻した。

「……申し訳ありません皇女殿下。私の教育不足であります」

先程までの怒声が嘘みたいに、男はしおらしく謝罪をしていた。

彼はきっと、それなりのポストに就いている者なのだろう。

そんな大男に対し、彼女は優しげに微笑む。

「顔を上げてください。ドルトス卿、貴方のせいではないのですから」

そう告げて、彼の肩にそっと手を添えた。

「しかし……はぁ、任務を放棄するなど、誇り高き騎竜兵としてあるまじき行為です」

「彼は平民に対して悪印象を持っているみたいですね」

「はい。ですが……平民でも、同じ隊に属した仲間にあのような態度を取ることはありません。根は真面目で仲間想いのやつなのですが……いかんせんプライドが高くて」

染み付いた思想は、中々変えられないということなのだろう。

だからこそ、帝国は王国との戦争に敗れたのだ。

「そうみたいですね」

「はい、お恥ずかしながら……」

凝り固まった伝統を重んじて、新しきに目を向けない。

その結果が、帝国将官の大量死に繋がった。

無能な貴族たちが兵の指揮を取ったがために、無駄に戦力を失い、最後は彼ら自身も命を落とすのだ。

王国は違った。平民であっても、優秀な者には軍の指揮権を積極的に与えていた。俺もそのうちの一人であったし、合理的な考えだと思っている。この排他的な思想をどうにかしない限り、帝国が王国と戦争をすれば、確実に敗北する。

ヴァルトルーネ皇女に尽くすと決めた今回は、帝国が負けない未来にしなければならない。

「これは、リーノス卿に限った問題ではありません。帝国貴族全体の問題でしょう」

「そうですな……帝国貴族は平民との馴れ合いを好みません」

「ええ。でも、ドルトス卿はそういった慣習にとらわれていなくて安心しています」

ヴァルトルーネ皇女が笑えば、彼は頭を掻きながら照れ臭そうにそっぽを向く。

「いえ、私はただ強い者を好んでいるだけであります。貴族至上主義の体制より、実力主義の考え方が、色濃く表面に出ているのだと思います。現に我が第四騎竜兵隊は、私が選び抜いた精鋭だけを揃えておりますし、半数以上は平民上がりの者たちです」

騎竜兵たちはドルトスの言葉を聞き、嬉しそうに頷いた。

「隊長は俺たちの誇りです！　平民だからと虐げられてきましたが、隊長は違いました。正当な評価をしてくれるんです」

「そうです。私はこの第四騎竜兵隊に入隊できて本当に幸せを感じているんですから！」

「ドルトス隊長は、帝国貴族の中でも数少ない人格者の一人って有名だしな！」

ドルトスの周辺が盛り上がっている最中、いつの間にか俺に近寄ってきていたペトラがボソリと呟く。

「なんか、向こうは暑苦しいわね……」

「そういうこと言うなよ」

「事実だもの。嘘言ってるわけじゃないわ」

「本心だとしても、こういう時は黙っていた方がいいだろ……」

コソコソと彼らに聞こえないくらいの声量で注意をするが、ペトラは「だって」と唇を尖らせた。まあ確かに、部外者の俺たちからしたら、あれはただの茶番劇にしか見えない。

しかしながら、二度目の人生を経験している俺から言わせてもらえば、彼の慕われっぷりは当然のことだと思う。

「ペトラは知らないかもしれないが、帝国貴族が平民に分け隔てなく接するのは相当凄いことらしいぞ」

「へーそうなの。でも私、貴族の事情とかにはあまり興味がないのよね」

「なんで頑なに、否定的な立場なんだよ……」

彼女は、一貫して冷めた態度だ。そんな彼女にアンブロスが話しかける。

「ペトラよ。あの御仁から流れ出るオーラ……あれはまさに聖人のような清らかさが存分に表れている」

「は？　オーラ？　アンブロス……あの、意味分かんないんだけど」

「健全な肉体にこそ、健全な精神が宿る。つまり、そういうことだな！」

「はぁ……そう？」

アンブロスの言葉に首を傾げるペトラ。

彼はドルトスが信用の置ける人物であると伝えたいのだろうけど、そんな遠回しな言い方じゃ、ペトラには伝わらない。

もっとストレートな言い回しを考えた方がいい。アンブロスに視線を向けるが、彼は目が合うと笑うだけ……絶対にこちらの意図を理解していなかった。

「んんっ、まあ……私の話はこれくらいにしておきましょう。皇女殿下、お客人を騎竜に乗せて帝国にお送りするのですよね？」

この賞賛劇は、ドルトスの流れを切るような一言により、収束することになった。

よっぽど恥ずかしかったのだろう。兵たちの盛り上がりを横目に顔を赤く染めていた。

ヴァルトルーネ皇女は、その様子を見て心底ご満悦である。

「ドルトス卿、では騎竜での送迎をよろしくお願いします」

「お任せください。皇女殿下のお客人を、必ず無事に帝国へと送り届けましょう」

こうして俺たちは、一悶着あったものの、空の旅を問題なく謳歌できることになった。

3

騎竜の背に乗り、俺たちは、ヴァルカン帝国へ向かう。そういう方向で話は進んでいた。

……進んでいたのだが、騎竜での移動は、かなり急なことだった。

だからこそ、問題が起きたのである。

「ドルトス隊長、騎竜の数が若干足りません！」

騎竜不足という問題が発生したのだ。

「はぁ、リーノスがいれば……いや、それでも足りないか」

騎竜兵と俺たちの人数を合算すると、若干人数オーバーとなる。

ドルトスは頭を抱え、ガシガシと頭を掻いていた。

他の兵たちの表情も優れない。

「騎竜一頭に三人乗せることも可能ですが、そうなると墜落の危険もありますからね」

「騎竜の疲労度合いから見ても、あまり無理をさせない方がいいかと思われます」

「帝都までは距離がありますし、往復するのも時間がかかりますもんね……」

騎竜一頭に対して、搭乗できるのはおよそ二名。多少の無理は可能とのことだが、各地を転々としてからこの場所に赴いてきた騎竜。大きな負担をかけることは避けたい。

「どうしますか、皇女殿下」

「この中で二人が乗れなくなるのよね」

「そうなりますな」

騎竜兵が五名。俺たちとヴァルトルーネ皇女が合わせて七名。騎竜の数が五頭。

騎竜を操ることのできる騎竜兵が乗るのは確定として、俺たちの中で二人だけが騎竜で帝国に赴くのを断念しなくてはならない。

「申し訳ありません。騎竜兵は各地で引く手数多(あまた)。そのため、こちらに赴くことができたのは、我々だけでして……」

ドルトスは申し訳なさそうな顔で、頭を下げた。

その様子を先程から黙って見ていたミアが横から口を挟む。

「ちょっといいですかぁ？　実は私、自分の騎竜持ってるんですよ。なので、私ともう一人誰かを残してもらえれば、問題は解決しますよ！」

ドルトスはミアの声に反応して勢い良く顔を上げた。

そして、彼女をじっくりと観察してから、驚いた顔になる。

「も、もしかして……貴女(あなた)はクリミア商会会長のお嬢様……ミア殿でいらっしゃいますか？」

「うん、だから自前の騎竜をかなり保有しているんだよ～」

「なるほど……そうでしたか」

――ミアは、商会の娘だったのか。

軽々しい態度の中に時々見られる優雅な立ち振る舞いから、裕福な家系だとは常々感じていた。ただ、彼女自身が商会の娘であることは知らなかった。

「へー、ミアってあのクリミア商会のお嬢様だったのか……初めて知った」

「そうだよ。貴族とおんなじくらい大金持ちだよ～！」

「ビックリしたけど、そのドヤ顔はやめろ……」

スティアーノが驚くのも頷ける。

ペトラやアンブロス、フレーゲルも彼女がそういう生い立ちだったことは知らなかったという目をしていた。

クリミア商会は、俺たちの生きるこの大陸において、有名な商会の一つだ。その影響力は、一小国に匹敵するとも言われている。そんな大商会の会長の娘であれば、騎竜を無数に保有していても不思議ではない。

「てことで、問題解決……ですよね？」

これで騎竜不足という問題は解決した。加えて、騎竜を所有しているのなら、乗り手に関しても手配が可能だろう。

滞りなく、帝国に向かう手筈（てはず）が整った……と思ったのだが、食い下がる者がいた。

俺の横に立つヴァルトルーネ皇女である。

「その必要はないわ。私とアルディアがフィルノーツに残りますので」

何を思ったのか、彼女はミアの提案をバッサリ切り捨てた。

「……あの、ヴァルトルーネ様は何をおっしゃっているのですか？　ミアがああ言っているんだから、厚意に甘えるべきだと思いますけど？」

その言葉にペトラが噛み付いた。

何が気に食わなかったのか、ヴァルトルーネ皇女に対して睨みを利かせ、平民とは思えないほどに堂々とした態度だった。

そんなペトラの対応にも、彼女は毅然とした態度で応じる。

「ごめんなさい、そういうわけにはいかないわ」

「どうしてよ！」

「帝国の皇女として、客人を差し置いて、母国へ向かうわけにはいかないのです。どうかご理解ください」

あくまでも俺たちは客人扱い。

彼女がこうして俺たちを優先するのは当然であるかのような言い回しである。

ただ、一点。俺とヴァルトルーネ皇女が残るということに関しては説明されていない。

騎竜で帝国に向かうのなら、一人だけが乗れないことになる。だから、彼女が俺をこの場所に残そうとする意義は、本来なら存在しない。

となると——何か目的があるんじゃないかと感じる。

「殿下、もしかして何かあるのですか？」

コソッと耳打ちするとヴァルトルーネ皇女は静かに頷く。

「今後のことで少し相談したいことがあるの。時間、いいかしら？」

「もちろんです」

どんな内容かは知らないが、間違いなく今後の王国戦に関することだろう。

彼女が底冷えするような冷ややかな声を出す時は、大抵王国絡みのことなのだ。

「ちょっと、二人でコソコソと何を話し合ってるの？」

ペトラはまた不審の目をこちらに向けている。

機転を利かせて、ヴァルトルーネ皇女はニッコリと微笑んだ。

「いえ、騎竜に乗る権利を友人である皆様にお譲りしてもいいか。彼にそう聞いていただけです」

「殿下のおっしゃった通りだ。俺は少し遅れて帝国へ行く」

俺は彼女の話に思いっきり乗っかった。ペトラはまだ何か言いたそうな顔をしていたが、
彼女の肩に手を置くフレーゲルが言った。

「だそうだ。あまり騎竜兵の人たちを待たせるものじゃない。……行くぞ」

「…………分かったわ」

彼は何か察したようで、ペトラを宥めてくれた。

ダメ押し、とでも言うかのようにアンブロスもペトラの横に立ち、

「アルディア、先に行っているぞ」

俺の方を見てそう告げた。

俺は平静を装いながら、アンブロスの言葉に頷き、手を振る。

「ああ。少し遅れるが、そんなに待たせない。帝国で会おう」

「待っているぞ」

様々な感情を抱えながら、俺の友人たちは空へと飛び立つ。

それを俺はヴァルトルーネ皇女と共に見上げていた。

「……ご友人を仲間に引き入れたのは、戦争が起こった時に敵対したくないからかしら？」

「はい、大事なものはもう失いたくありません。俺の手が届くところに彼らがいれば、過去の記憶を利用して守れるんじゃないかと、そう思いました」

「貴方ならきっと守れるわ」

「そうだといいのですが……」

空高くに飛んでいった友人には、俺と彼女の会話は聞こえない。

騎竜に乗り、テンションの上がっているスティアーノ。

ただこちらを見下ろすように見ているペトラ。

目を瞑り、何を考えているか分からないアンブロス。

遥か遠くにある帝国をじっと見据えているフレーゲル。

そして、ミアが………あれ？

——騎竜に乗ってない!?

「ちょいちょーい。今のって、どういう話なの？」

振り向くとそこにはミアがいた。……完全に油断していた。ヴァルトルーネ皇女との会話を聞てっきり彼女はもう騎竜に乗っていると思っていた。

かれてしまったかもしれない。俺は冷や汗を拭いながら、深く息を吐く。

「……ミア？　その、どこら辺から聞いていたんだ？」

「ん？　いや、ほとんど聞こえなかったんだけど、『戦争』とか『守れる』とかって単語が聞こえてきたからさぁ。えっ、何？　これから戦争があるの!?」

──ああ、良かった。

俺たちが二度目の人生を送っているなんて知られたら、大変な騒ぎになっていただろう。発言には最大限配慮しなければと気を引き締めた。

「ねぇねぇ、アルっち？　戦争なの？　戦争するの？　ねぇ～答えてよ～」

焦ったせいで、ミアを放置して考え込んでしまっていた。

話の中の物騒な単語を聞かれてしまった以上、完全に隠しておくというのは不可能だ。

「アルっち、私に隠し事をするんだったら……隠し事してるって、ペトラちゃんに言いつけちゃうぞ？」

「いや……そのだな」

「ほらほら、いいから吐いちゃいなって～」

ペトラに話が漏れるのは困るが、俺の口から過去のことを告げるのは違う。

俺はヴァルトルーネ皇女に視線を向けた。彼女も俺が何を言いたいかを理解したようで、コホンと軽く咳払(せきばら)いをし、ミアの注意を自分に向けさせた。

「ミアさん。今の話に関して、私から簡単に説明させて頂きます」

「………分かりました」

「まず、戦争が起こるのか起こらないのか、という件ですが……」

「うん」

「恐らく、数年以内に帝国と王国の全面戦争が引き起こされるでしょう……あくまでこれは、推測の域を出ていませんが」

未来の戦争を知っている俺たちは、『推測』なんていう楽観視は一ミリたりともしていない。しかし、断言するのはそれこそ怪しい。

「そうなんだ……ひょっとして、アルっちと騎竜に乗らずに残ったのは、それに関する話し合いをするためですか？」

「そうです。彼とはこの内容を共有していたので、今後の動きについての擦り合わせをしようと思っていたところでした」

「なるほど、そうだったんですね～」

間違ったことは言っていない。

ヴァルトルーネ皇女は、王国との戦争が起きる前に、色々と先回りするための計略を練ろうとしていたのだと思う。

二度目の人生を送っている者同士。

失敗を知っている者同士だからこそ、対策を立て易いというわけだ。

「なるほど。じゃあ次に、どうして帝国と王国が戦争になるか聞いてもいいですか？」

ミアはこれまでよりも真面目っぽい顔で彼女に詰め寄った。帝国出身のミアにとっても、ここで話す内容は他人事ではない。

ヴァルトルーネ皇女は隠す素振りを見せず、素直に口を開いた。

「私が……ユーリス王子との婚約を解消するからです。婚約解消に伴い、王国と帝国の友好関係は悪化することでしょう」

瓦解していく関係を彼女は示す。

「その言い方だとまだ婚約は……」

「ええ、続いています。形式的にですが、ただそれも、時間の問題です。彼と分かり合うことは、きっとできませんから」

そこまで聞き、ミアの顔色が変化するのを俺は見逃さなかった。

──あのユーリス王子に対して、思うところがある人は少なくない。

ミアの顔色を窺いつつ、彼女は続けて話す。

「そこから戦争に発展するか……それは私にも分かりませんが、一度破綻した関係が修復されるというのは、難しいことです」

壊れたものは簡単に直せない。

失った信頼も、愚かな行動の代償も、それらは全て、災いを招いた者に返ってくる。

「そう、だったんですね……」

「はい。ですから、ミアさんも身の振り方を考えておいた方がいいかもしれません」

「分かりました。事情を説明してくれて、ありがとうございます」

もう両国の関係悪化は始まっている。だからこそ、人は選択を迫られる。

何を信じて、どこに向かって突き進むかということを——選ぶ必要があるのだ。

4

レシュフェルト王国とヴァルカン帝国は、現在休戦状態にあった。

王国の第二王子であるユーリス＝レト＝レシュフェルト王子。彼が帝国のヴァルトルーネ皇女と婚約関係を結んでいたからだった。

両国の王族と皇族が深い繫がりを持ち、互いの国に侵略しない、という暗黙の了解を作り出したことで、一時的な平和が両国に訪れていたのだ。

——しかし、そんな平和はたった数年で崩れ去る。

「待ってください！　それってつまり、皇女様をあのゴミカス王子が振ったってことですか!?　最低……！　士官学校では皇女様を無下に扱った挙句、自国の聖女だかに熱を上げていたあのゴミカス王子……アイツの粗末な棒切れがもげればいいのになぁ。騎竜の餌にしてやりましょう！」

仮初めの平和は、まさに言葉通りのものでしかない。

現に、ミアの荒れっぷりが、その平和が偽物であり、崩れる寸前であったと証明しているようなものだ。

にしても、言葉遣いが酷過ぎるような気がする。

ヴァルトルーネ皇女が婚約破棄に至った全容を話してから、ミアの中でのユーリス王子の評価は地に落ちたみたいだ。士官学校での王子は、その身勝手な振る舞いから、多くの帝国民に好かれてはいなかったが……。

ミアが『ゴミカス王子』とつい言ってしまうくらいには、嫌われてしまったのである。

今の話がトドメとなっただけで、元々の評価もさほど高くなかった。ゼロに近い評価が下限を突き抜けて、マイナスに落ちた感じか。

「ユーリス王子から婚約破棄について話があることは、数ヶ月前から察していました。なので、私としては、特に思うことはありません」

「え～、絶対あの聖女だかに誑かされた感じでしょ！　悔しくないんですか！」

「そうですね。私自身、ユーリス王子のことを特に好きでもなかったので……」

彼女は、愛想笑いを浮かべながら淡々と告げる。

士官学校での二人を見ていれば、それとなく察することができそうな話だ。王子と彼女が仲良く談笑している光景を目にしたことは、これまで一度もなかった。政略絡みの婚約が、傍から見ても分りやす過ぎるくらいに表れていた。

そもそも、ヴァルトルーネ皇女は、俺と同様に人生二周目。

婚約破棄という過酷な局面も、一度経験済みであるからか、心構えもできていたのだろう。だからこそ、婚約破棄を直接言い渡される場面で、草陰に隠れていた俺を探し当てられるくらいに広い視野を持てていた。

彼女は目先の不利益に心を痛めてはいない。彼女は常に前を向き、帝国の行く末を案じている。

「殿下は、ミアが想像しているよりも強い。それに、今更そんなことを話しても、意味がない」

補足するように説明すると、ヴァルトルーネ皇女も小さく頷いた。

「彼の言う通り、ユーリス王子のことは、もうどうでもいいの。今考えるべきは、帝国の未来のみ。きっとこれから色々と大変になるはずよ」

俺とヴァルトルーネ皇女の頭の中は、王国をどうやって打倒するかで一杯だ。

ミアにはまだそれが分からないはずだが、いずれは——大切な友人たちを戦禍に巻き込むことになるだろう。

「なぁ、ミア……」

「ん？」

「今の話を聞いて、俺がどうして……みんなを帝国に行かせようとしたのか分かっただろ」

彼女はゆっくり頷く。

「アルっちはそれでいいんだね？」

「ああ、殿下と話した時に俺は全てを決めた」

彼女は帝国出身だから、俺が誘わなくても帝国側に付いたはずだ。

けれども、王国出身の友人も俺には多かった。

「分かるよ。アルっちは、私たちが戦うような未来が嫌だったんでしょ。アルっちは、王国出身だから、どうして帝国側に全員寄せちゃったのかはちょっと分かんないけど」

王国にミアを含めた帝国出身の友人を引き入れる未来もあったことだろう。でもそれでは多分、幸せな未来は訪れない。ヴァルトルーネ皇女も含め、俺は大切な人を守りたいのだ。

「でも、アルっちがそういう選択をしたのは……皇女様がいたから、なんだろうね！」

「ああ」

「まあ、でもそっかぁ！　あのゴミカスと皇女様を比べたら、そりゃこっち選ぶよね～皇女様は基本的に優しいいし、理不尽に怒ったりしないしね」

「そうだな。殿下はとても、魅力的な方だからな」

「おお！　アルっちも言うね〜！」

ミアは軽口を叩(たた)きながらヘラヘラと笑う。

人望の差……それもあるだろう。だが、ヴァルトルーネ皇女はそんな些細(ささい)な評価とは比べられないほどに、大切なものを俺に与えてくれた。

「殿下は、俺の恩人でもある。だから俺は殿下に付き従うと決めたんだ」

「恩人？」

「ああ、返しきれないくらいの大恩がある」

今の俺は、ヴァルトルーネ皇女と共にある。

だから、どんなに苦しい状況になったとしても、俺は彼女に付き従い続ける。

きっとその意志は、どれだけ時が経過しても変わらない。

5

「んじゃ、私は自前の騎竜(キリュウ)で帝国に向かうから！　皇女様、アルっち、また帝国で会おうね！」

その場から駆け出すミアを見送り、俺たちは今度こそ、二人きりになった。念のため周囲を見回すが、誰もいない。

ミアがいたこと自体がイレギュラーだった。

今後、一度目の人生について話す際は、周りに誰もいないか確認することにしよう。

「行ってしまったわね」

「……そう、ですね」

ホッと一息……なんてものは存在していない。

俺とヴァルトルーネ皇女は、瞬時に次の行動へと移る。

「それで殿下。今から何をするのですか？」

「察しがいいのね。……とっても大事なことよ。今から打つ一手によって世界情勢は、前回とは大きく異なるものになるはずだわ」

まだ戦争が始まっていないこの時期に、彼女は何を計画しているのだろうか。

「ねぇ、アルディア。王国と帝国はどうして戦争を始めたと思う？」

不意に飛んできた質問に言葉が詰まる。具体的な意図も摑めない。

「殿下とユーリス王子が婚約破棄したから……でしょうか？」

既存の知識では、これくらいの答えにしか辿りつかない。

きっと彼女が聞きたかったのは、こういうありきたりな答えではないのだろう。

「そうね。これまでのことを考えるとそういう考えに至るわよね」

——やっぱり、違うのか。

ヴァルトルーネ皇女と王子の婚約破棄が戦争のトリガーとなったのは間違いない。けれども、本格的に王国と帝国が対立した理由は他にあるのだと、彼女は示していた。

「教えてあげるわ。王国と帝国の戦争の直接的な原因は——王国が、帝国領内へ侵攻してきたからよ。『聖女レシアのための聖地を奪還する』という的外れな名目でね」

彼女の話は、俺が王国を徹底的に叩きのめす、その十分な動機に繋がるものだった。

戦争の原因が、まさか王国側にあったなんて、そんなこと知らなかった。

帝国側からの宣戦布告があり、それから戦争は始まった。

俺はずっとそう思い込んでいた。しかし、真実は違うと彼女は言った。

「……本当なのですか？」

「驚いたかしら？」

「それは、そんなこと全く知らなかったので、驚きました」

——でも、何故？

王国が先に仕掛けたのなら、どうしてあの戦争は帝国が始めた戦争であると世界各国が思い込んでいたのだろうか。実際、王国と帝国の溝が深まり、小競り合いが勃発し始めた頃から、世界中の国々が帝国との敵対を表明した。

今にして思えば、それはあまりにも露骨であり、何かの思惑が蠢いていたのではないかと感じてしまう。

「俺はてっきり、帝国が戦争を始めたのだと思っていました」

ヴァルトルーネ皇女は俺の言葉を否定も肯定もしなかった。

ただ、微笑むだけ。彼女の表情は、儚げだった。

「そう、よね。貴方がそう思うのも無理ないわ。対外的に見れば、帝国が急に王国へ宣戦布告したように思えるはずだもの」


『対外的に』……か。

つまり、王国の侵略行為の証拠は存在していないということだろうか。

いや、それなら一度目の時も、その事実が明るみになる可能性はあった。

彼女がそれを知っているのであれば、その事実を公表することもできたはずだ。しかし、あの戦争は、帝国が始めたものであり、帝国が悪であると世界中に認知された。

「……詳しく聞かせてくれませんか？」

無知というものはなにより恐ろしい。

知らなければ、偽りであっても真実のように思える情報にまんまと騙される。

「……いいわ。アルディアにはちゃんと話しておきたいことだったもの。この戦争の原因と私の目指すべき場所を——貴方に伝えるわ」

6

ヴァルトルーネ＝フォン＝フェルシュドルフ皇女。

かつてのヴァルトルーネ皇女は、自らが前線に立ち、レシュフェルト王国軍との戦いに身を投じていた。

彼女は終始ヴァルカン帝国の皇女らしく戦い、そして散っていった。

それに関しては俺が一番良く知っている。

彼女の最期もちゃんと見届けたのだから。


そして二度目の人生を送っている彼女は、戦地を転々とすることを望んでいないようだ。

その理由は、とても崇高なもの。

ヴァルトルーネ皇女は胸に手を当て、瞳を大きく開いた。

「私はこれからの帝国を導きたい。どんなに苦しく、挫けそうになろうとも、私はその道を歩みたいと思っているわ！」

彼女は帝国の皇女のままではなく、その更に上へ——皇帝になることを望んでいるようだった。

確かに彼女の望みが叶えば、未来を大きく変えるきっかけになるだろう。

しかし、それは簡単なことではない。

「殿下は、皇帝になるのですね？」

「ええ。そのためにも、ユーリス王子との遺恨を断ち切らなければならないわ。下手に婚約関係を引っ張っても、帝国に不利益なことばかりだもの」

かつての帝国は、結論を急ぎ過ぎた。

それ故に、公に攻撃される前から宣戦布告をしてしまった。

帝国の威厳を維持しておきたいという考えの下、そういう結論に至ったのだろう。しかし、先に手を出したという形になってしまえば、他国の心証は悪くなる。

その経験を経たことから、今回はあえて後手に回ることが必要なのだと彼女は語った。

「王国の侵略が先であることを大々的に世間へ示す。これは私たちが王国と対立する上で、特に重要になってくるわ」

王国から戦争を仕掛けさせる。その上で、かつて敵国に回ってしまった周辺国家からの反感を生じさせないように立ち回る。

「侵略行為の発案は、ユーリス王子……でしたか？」

「ええ、私との婚約破棄に続いて、帝国の領地であるディルスト地方を明け渡すように告げてきたわ。でも、帝国の大切な領地を手放す気はありません」

「そうなると……徹底抗戦するしかありませんね」

「ええ。対立姿勢を鮮明にする必要があるわ。向こうが動いてから、盛大に負かすつもりよ」

ただ、向こうから仕掛けてくるのを待つということは、敵に先制攻撃させるということだ。不利になる可能性もある。

「だから、王国を迎撃戦で倒すために必要な策を練るわ」

「分かりました。殿下の意向に沿えるよう最大限に尽力致します」

問題は、先急ぐ帝国を窘(たしな)めつつ、ヴァルトルーネ皇女が帝国全土の指揮権限を掌握すること。

彼女がユーリス王子との婚約破棄を公的な場で認めた場合、帝国内での立場は少なからず悪化する。そのデメリットを撥(は)ね除(の)け、更に皇帝となる道筋に繋(つな)げる。

帝国の皇帝になることは、中々ハードな目標となるだろう。

それを分かった上で、彼女はその座を手に入れようとしている。

ならば俺は、彼女の恩にひたすら報いるだけだ。

それがどれだけ、茨の道だったとしても、だ。

「頼りにしているわよ。アルディア」

ヴァルトルーネ皇女はこちらに視線を向け、満面の笑みを浮かべる。

「はい共に歩みましょう」

7

現在、俺とヴァルトルーネ皇女は、レシュフェルト王国の王城へと向かっていた。

婚約破棄の後始末。彼女がユーリス王子と正式に縁を切るためである。

士官学校の卒業式で、彼女と王子は完全に対立姿勢を見せたが、それだけで王族と皇族の婚約が完全に破棄されるわけではない。

婚約破棄は正式な書状を取り交わすことで、初めて成立するものだ。

一度目の人生では、彼女と王子の関係が崩壊していたにもかかわらず、その婚約関係が続いていた。その結果、彼女が帝国内での立ち位置を固められないまま、皇帝への道は閉ざされてしまった。

——だから、今回は正式な婚約破棄が必要なのだ。

「アルディア。婚約破棄に関しては、問題なく手続きが済むと思うけど、万が一……非常事態になったら、その時は頼んだわよ」

俺は、彼女に渡されたとある物を握りしめて頷(うなず)いた。

小型の魔道具。使用時間は短いが、音声を保存することのできる優れ物だ。この道具を使わないに越したことはない。だが、万が一への備えとして、俺はこれを持っておくように、彼女から言い含められている。

不測の事態も考慮しているからこそ、俺は彼女に同行している。

そして、その期待に応えられるように動くことが、俺に与えられた最初の仕事だ。

「殿下の計画通りに動いてみせます」

「ありがとう。とても頼もしいわ」

心構えも済んだ。

俺たちは、王城の門をくぐり抜け、その先にある宿敵の下へと歩みを進めた。

内部は豪華絢爛な造りだった。

本来、平民の俺なんかが入れるような場所ではないが、今回だけは例外だ。

「ヴァルトルーネ＝フォン＝フェルシュドルフ。ユーリス王子との面会を求めます！」

俺は彼女の護衛役という名目で、登城を許された。

通路を進むと、こちらを待ち構えるような人影があった。それは彼女が一番嫌悪を抱いているであろう人物。婚約者のユーリス王子だった。

「ふっ、よく来たな。ヴァルトルーネ。てっきり、ここには来ないと思っていたぞ」

王子は見下すような視線を向け、表情を変えない彼女を嘲笑った。

「御託は結構です。今回は婚約破棄の件にて、城に出向いただけです」

「何を今更なことを……お前は俺に捨てられたのだ。撤回しろ、などと言い出しても無駄だぞ！」

彼の傲慢な態度に思わずため息が出てしまいそうになる。本当に愚かだと感じてしまった。何故、彼女が彼との婚約に固執すると錯覚しているのだろうか。

彼女は帝国の皇女。王子は、彼女と自分が対等な立場だという自覚に欠けている。外交関係など、全く考えていないようだ。

馬鹿丸出しの王子から、節操のない言葉を浴びせられながらも、彼女は顔色一つ変えずに淡々と語る。

「そうですか。では、国王陛下承諾のもと正式にこの婚約を破棄して頂きましょう」

彼女からすれば、この婚約破棄は痛くも痒くもない。

対してユーリス王子は、想像していた反応じゃなかったからか、次第に顔色を悪くする。

「ずいぶん余裕のある態度じゃないか」

「事実ですから」

「────っ！」

そしてその怒りの矛先は、ヴァルトルーネ皇女の隣に立つ俺に向けられた。

「それで、さっきからお前の隣にいる男は何なんだ？　見たところ卑しい身分に思えるんだが」

王子は俺のことを知らない。

俺が平民であり、直接関わり合う機会がなかったからだ。

だからこそ、彼は俺が貴族でないと理解していた。

「彼は私の護衛です」

「ほー、帝国の皇女であるお前が、護衛にそんなひょろっちい下級民を据えているのか。ははっ、帝国の程度というものが知れるな！」

「はぁ……」

煽(あお)ってくるユーリス王子。

だが、彼女は王子に視線すら向けていない。

ため息を吐(つ)き、彼を無視して国王陛下がいる部屋の方へと歩いていく。

「アルディア。行きましょう」

「はい。殿下」

俺もそれに従い、彼女の背後にピタリと付き従う。

「おい、待てよっ！」

自分が無視されるのが癪(しゃく)に障ったのだろう。

王子が彼女の肩を強引に掴(つか)もうとする。だが、俺はそれを見逃さなかった。彼の手が彼女の肩に触れる直前でしっかりと掴み、強引な接触を阻止する。

普通なら、王族に対する無礼な行いと見なされ、その場で斬首されてもおかしくはない。けれども今の俺は、皇女の護衛という名目を得ている。

「このっ、平民風情が俺に触れるとは……っ！」

王子は顔を真っ赤に染め上げ、今にも殴りかかってきそうなくらいに怒り狂っていたが、遠慮はしない。

「彼女は、帝国の皇女です。それ以上は許容できかねます」

「――――っ！」

騒ぎを聞きつけたのか、周囲の衛兵が一斉にこちらを取り囲む。

「貴様、自分が何をしているのか、分かっているのか？」

「皇女殿下の護衛としての務めを果たしているだけですが」

「……貴様ッ！」

彼は激昂し、こちらを睨む。

「衛兵、この不届き者の首を切り落とせ！」

「し、しかし……彼は、ヴァルトルーネ皇女殿下の護衛でありますが……」

「構わん！　さっさとやれ！　モタモタするんじゃない。これは命令だぞ！」

衛兵は困惑しながらも、剣を抜く。

王子に命令されてしまえば、口答えなどできないのだろう。

――仕方がないな。

「やるなら、こちらも本気でお相手しますよ」

俺だって募る気持ちはあった。

主君であるヴァルトルーネ皇女に対して、ユーリス王子の放った暴言の数々。彼女の騎士として振る舞おうと考え、反論を我慢していたが、苛立ちが腹の底から湧き上がってくる。

王子から向けられる険しい視線に、俺も同じく睨みを利かせる。

すると、王子は呆気なく怯えたような顔になる。

そんなに怖かっただろうか。

「……は、早くしろ！」

王子の言葉を聞き、衛兵たちはこちらとの距離を詰めてくる。

そんな緊張感が募る中、彼の腕を押さえている手とは逆の手をヴァルトルーネ皇女に握られた。

「そこまでよ」

振り向けば、彼女は少し困ったような顔をしている。

「アルディア、今はダメよ。気持ちは分かるけど揉め事は得策じゃないわ」

「ですが……」

「分かっているわ。私のためよね……ありがとう。でも今は落ち着いて、ね？」

カッとなっていたのが彼女にはバレバレだったのだろう。

俺は深呼吸をし、王子の手を離した。

手を離した瞬間、彼は痛そうに俺に摑まれていた箇所をさすり、衛兵のいる方へと後退った。

「………貴様、ただで済むと思うなよ？」

睨まれても、特に怖くはない。

「…………」

「うっ……くそっ、馬鹿にしてるのか！」

それまでは怒りを露わにしていた。しかし、状況が変わったと認識し、彼は意地悪そうな笑みを浮かべる。

「まあいい、貴様のようなクズはこの場で処分するのが一番だ。やれ、お前たち！」

解放されたからか、彼は先程よりも強気な発言をする。

「殿下、抜剣の許可を……」

「仕方がないわね。……衛兵の方々を殺してはダメよ」

「心得ました」

俺はゆっくりと腰に下げた刀身の黒い剣を引き抜いた。

衛兵もこちらに向けて自然な形で剣を構え始める。

彼らはユーリス王子の命令に背けない。故に、俺たちとの敵対を選ぶしかない。

「こちらに剣を向ける以上――四肢の欠損くらいはご覚悟ください」

俺が一歩踏み込むと、周囲の環境は一変する。

意図的に相手へプレッシャーをかけると、衛兵たちは焦ったように動き出す。

そして、一斉にこちらに雪崩れ込んでくる。連係の取れた機敏な動きだ。

「はぁっ……！」

――なるほど。悪くない剣技だ。

衛兵たちの剣筋はかなり洗練されていた。

王城の守護を任されているだけあり、フィルノーツ士官学校の学生とはまるでレベルが違う。この仕事に命を懸けているのだから当然か。

動きの連係もさることながら、個々の実力も高水準に達している。お互いが干渉し合わないように距離を保ちながら、こちらへ攻撃してくる。

「——はぁっ！」

「せやぁ……っ！」

「ふっ！」

こちらの威圧にも物怖じしない。覚悟もしっかりある。

丁寧に攻撃を回避しながら、勢いよく剣を滑らせる。

一瞬の隙をつき、俺は彼らの剣を弾き飛ばした。

「な……!?」

確かに、ここの衛兵は強い。

王子が彼らを動かした点からも、衛兵が王族からの厚い信頼を受けていることがよく分かった。

……しかし、それだけのことでしかない。彼らの振る剣の刀身が、こちらの身を掠めることはない。ここにいる衛兵のレベルでは、俺に剣を届かせることなどできない。

一人の衛兵が振るった剣は宙を舞い、少し離れた床に刺さる。

「はあっ！」

「――ふっ！」

更に付近の衛兵が握っていた剣も弾き飛ばす。

「あ……っ」

衛兵たちは、何が起きたのか分からないような顔をしている。

「まだ、やるか……？」

「そ、それは……」

「俺は怪我人が出ても一向に構わないが」

彼らはその場で動きを止めてしまった。

「何をしている。遊んでないで、早くそいつの首を討ち取れ！」

王子の野次が飛ぶものの、今の一撃によって衛兵は中々距離を詰めてこなくなった。一歩たりとも、こちらへの接近はない。

「次は、皆さんの両腕を切り落としましょうか？　命を懸けるというのなら、まだまだお相手しますが」

「――――!?」

脅すような低い声で告げると、衛兵たちは一斉に王子の方へと視線を向ける。

「……てません」

「なんと言った？　声が小さくて聞こえないぞ」

「ですから、殿下……我々では、彼に勝てません」

「は？……おい、もう一度言ってみろ」

「ですから！　あの者に我々は勝てません。実力に差があり過ぎます！」

そう言い切ると、剣を持った衛兵たちは次々に剣を鞘に収め始めた。

「んなっ、腑抜けたことを言うな！　相手は一人だぞ！」

あの態度から察するに、王子は、俺の力量を測ることができなかったのだろう。

無茶な要求をされている衛兵たちが哀れとさえ思えてしまう。

「お前らは誇り高き王国に仕える兵ではないのか!?」

「何度言われても答えは同じです。無理なものは無理なのです！」

「馬鹿者！　それを可能にするのがお前らの仕事だろうが！」

ここにいる王国の衛兵たちは優秀だ。

こちらが威圧していることに、しっかり気付いている。

王子は分かっていないようだが、周囲にいる衛兵たちの持つ全ての剣に僅かなヒビを入れた。もう一振りでもこちらに剣を向ければ、間違いなく彼らの剣は砕け散る。

この勝負、既に決着がついている。

「……もう、いいでしょう。ユーリス王子、貴方の負けです」

非情な現実を突き付けるように、ヴァルトルーネ皇女が険しい顔で告げる。

「ふざけるな！　お前ら、あんな生意気そうな若いのに負けて、恥ずかしくないのか!?」

「そんなことを言っても無駄よ。私の護衛は誰にも負けない……彼の剣技を見れば、力量差くらい簡単に分かると思うけれど」

「うるさい！　偉そうに話しかけるな！」

「でも、これは事実よ」

指摘を受け、王子の顔には、屈辱という二文字が大きく浮かび上がっているようだった。

この小競り合いに然程(さほど)の意味はない。彼女を侮辱した王子への意趣返し程度にしかならない。

「殿下、見苦しいところをお見せしました。お許しください」

「いいのよ、アルディア。貴方の強さを再確認する丁度いい機会になったもの。それに、よく手加減してくれたわ。おかげで誰も死んでいない」

ヴァルトルーネ皇女の一言に衛兵たちは再び青ざめた顔になる。

「殿下のご命令とあらば、どんなことでもやり遂げる所存です」

「貴方がいてくれて本当に心強いわ……そういうことだから、ユーリス王子？　私に最悪な選択をさせないでくださいね？」

「——ぎっ！」

彼女の表情を見れば分かる。溜(た)め込んでいたストレスが一気に解消された晴れやかな面持ちだった。

8

レシュフェルト王国。

国王陛下ダグラス＝レト＝レシュフェルト。

彼はこの国を治める国王であり、ユーリス王子の親でもある。

計り知れない程の貫禄（かんろく）があり、数段高い場所にある玉座から、こちらを見下ろす様は、まさに支配者の顔だった。そして俺と彼女は、この人に対してユーリス王子との関係を清算させるための話をしなくてはならない。

「して、今日はどのような用件で来たのだ？」

ユーリス王子とは比にならないくらいに、国王陛下の風格は洗練されていた。

どうしてこの人から、あのような小賢（こざか）しい王子が誕生したのか甚だ疑問である。

「実は、ユーリス王子との婚約についてのお話をしたく、この場に馳（は）せ参じました」

「ほう……？」

顎を動かし、続きを促すダグラス。

彼女は一瞬だけ、こちらにアイコンタクトを送ってから、深く息を吸った。

「ユーリス王子との婚約を……破棄させて頂きたいのです」

『婚約破棄』

その単語を聞いた瞬間にダグラスの目つきは一層鋭くなり、敵を射殺す矢のようなものへと変貌した。

「婚約破棄……？　我の聞き間違いではないではないな？」

「はい。一言一句間違いはございません」

スルリと冷や汗が流れる。嫌な沈黙と、ダグラスの思案顔が酷く場の緊張感を高めていた。

「汝は、我が息子との婚約を解消したいと……そう申すのだな」

重厚感のある声音が玉座の間に響き渡る。

ヴァルトルーネ皇女でさえ、少し顔が強張っていた。けれども、彼女は覚悟を固めている。

すぐに持ち直し、胸に手を当てて訴えかけるように告げた。

「いえ。正確には、ユーリス第二王子殿下がおっしゃったことにございます。彼にとって私は、婚約者としての資質が不足していると」

「そのようなことはないはずだが……汝はヴァルカン帝国の皇女であり、聡明であるともっぱらの噂だ。そして、我も汝のことを認めている」

「ありがたきお言葉にございます……ですが、実際の私はユーリス王子の機嫌を損ねてしまうような、思慮の浅い人間でございます」

大袈裟なほどの謙遜にダグラスは眉を顰める。

彼女の言葉を聞いたダグラスは、少し離れた場所にいるユーリス王子に視線を向けた。

「ユーリスよ……それは、誠か？」

ここで彼が惚けた顔をして、彼女に全責任を負わせるようなことがあれば、俺の懐にある『魔道具』という切り札を出す。王子が策謀に長けていたのなら、最終手段を行使せざるを得なかっただろう。

しかし、緊張の瞬間は、杞憂に終わる。

「はい。その通りです父上！　こんな態度のデカい他国の皇女など、俺に相応しくありません。俺はもっと早くから、この女との婚約を破棄してしまいたいと考えていたくらいです！」

「ふむ……」

「父上。今すぐあの女との婚約を破棄させてください！」

簡単に言えば、王子は生粋の馬鹿だった。彼が婚約破棄を望み、彼女がそれを国王陛下に申し出ている。

両者が同意している婚約破棄。王国と帝国の関係性を危惧して、それを継続させることは可能なのかもしれない。しかし、脆く崩れてしまいそうな繋がりを無理やり続けても、いずれ離散してしまうことは目に見えている。

「なるほど……はぁ、二人とも、婚約破棄に賛成なのだな？」

「はい」

先に婚約破棄の意思を持ったのが王子である以上、ダグラスがその婚約破棄を無理やりなかったことにするなどできるはずがない。

「当然です！」

「なるほど……」

王子も婚約を破棄したがっているのだから、こうなることは必然だった。彼の一言がダグラスに届いた時点でこちらの思惑通りの展開になる。

「国王陛下……婚約破棄、認めてくださりますよね？」

「……分かった。ユーリス＝レト＝レシュフェルトとヴァルトルーネ＝フォン＝フェルシュドルフの婚約を破棄することをここに宣言する！」

この瞬間から、両国間の関係は悪化の一途を辿ることだろう。避けようのない事態だった。けれども、曖昧な繋がりは確実に絶てた。

彼女は、晴れやかな表情を浮かべていた。

「貴重なお時間を頂いたこと、心から感謝申し上げます」

王子は、その様子を喜ばしそうに眺めていた。しかし、彼の立場もこの瞬間から段々と崩れ始め、いずれは終わりを告げることになる。

次期国王になるのは恐らく第一王子。ユーリス王子は帝国の皇女との婚約という大きな後ろ盾を失い、次期国王の座に座る可能性が大幅に損なわれた。

大人しく婚約を続けていれば、戦争も起こらず、治世の王として安定した人生を送れただろう。だがそれを最初に捨てたのは、ユーリス王子自身だ。

「ははっ、これでやっと、レシアとの新たな人生を送れるな！」

――聖女に振り回されて、輝かしい人生を棒に振った愚かな王子。ただ、それが理解できるのはまだまだ先のことになるはずだ。今はまだ、束の間の喜びを堪能していればいい。

浮かれる王子を尻目にヴァルトルーネ皇女はスッと立ち上がる。それを見て、俺も床から膝を離した。

「それでは、これにて失礼致します」

用事は済んだ。そう言わんばかりに彼女は退散の姿勢になる。

「おい、ヴァルトルーネ」

「……なんでしょうか？」

「残念だったな、俺に見捨てられて。お前はもう、レシュフェルト王国の次期王妃の座には就けない」

「そうね……さようなら、ユーリス王子」

彼の告げた言葉がそっくりそのまま彼自身に跳ね返ることも、彼女は分かっていただろう。しかし、それを教える義理はない。

彼女は、王族や皇族の中の一人で終わるような存在ではない。

その頂点を――皇帝を目指す気高き女性なのだ。王子との婚約を破棄されたところで、彼女の意思は揺らがない。

「殿下……ユーリス第二王子と正式に婚約破棄、おめでとうございます」

王子への皮肉も込め、彼女にそう言葉を贈る。彼女もこちらに視線を向け、口元を綻ばせた。

「ええ。ありがとう。これでやっと先に進めるわ」

まだまだ先は長い。

彼女が皇帝になる未来。それは、茨の道であると共に血塗られた暗い運命を打ち砕く歴史の幕開けとなるだろう。

俺は、彼女の進む覇道を共に歩む。

共に傷を負い、苦しみながらも彼女が最後の目的地に辿り着くまで、最も近い場所で支え続ける。

9

戦乱は全てを狂わせる大きな災いである。

人々の安寧を脅かす愚かな行為。

誰もが望まない争いの火種。

しかしながら、その戦禍を鎮めることは簡単ではない。

一度転がり出したそれは加速し、それが弾け途絶えるまで前へと進み続ける。

「アルディア、次の作戦に移るわよ」


忌まわしき戦乱の世は避けようのないもの。

戦乱を起こさないことよりも、その大局を支配し、己の有利な方へと引き摺り込むために、ヴァルトルーネ皇女は次なる行動に出ようとしていた。

「殿下、次の作戦ですか？　てっきり帝国に戻るだけかと思っていましたが」

「ユーリス王子との正式な婚約破棄は、帝国での地位低迷に繋がる痛手だったわ。けれども、これは私が前に進むために必要なことだった。分かるわよね？」

「はい、もちろんです」

王国との繋がりを切らなければ後々に響く。

曖昧なまま関係を続けていても意味がない。関係を切ると決めた以上、王子との関わりをすぐに断ち切る判断は正しい。それを踏まえた上で、彼女は問うてくる。

「では次に、私が皇帝に大きく近付くために必要なことは何か？」

「…………」

俺から見れば、彼女は非の打ち所がないくらいに優秀だ。

そのままでも皇帝になり得る能力を兼ね備えている。

そんなヴァルトルーネ皇女の権威をより一層強める策……例えば、

「有能な人材の確保とか……ですか？」

「いい線を行っているわね。帝国が王国に敗北した原因として、優秀な将官が不足していたことが挙げられるわ。優秀な人材を今のうちから引き抜き、育成することは私たちにとって必須事項よ」

彼女は俺の考えに頷き（うなず）ながらも、「でも」と言葉を区切った。その後付けの言葉を聞き、俺の考えが完全に正しかったわけではないと察する。

「殿下、何をなさるおつもりですか？」

聞けば彼女は耳元まで近付き、透き通るような細い声で呟（つぶや）いた。

「この王国内の有力者……王子を懐柔するわ」

「王子を……？」

「ええ、そうよ」

一瞬、頭が真っ白なるほど驚いたが、よくよく考えると、彼女の言いたいことは簡単に理解できた。

「なるほど、つまり……ユーリス第二王子以外の王子をこちらに引き込むということですね？」

「そうよ。ユーリス王子には未練なんて欠片（かけら）もないけど、王族との繋がりを完全に断つのは、避けておきたいわ」

先程までユーリス王子と揉めていたからか、『王子』という単語が出てきた時点で彼が頭に思い浮かんでしまった。しかし、王子は彼だけではない。

このレシュフェルト王国には王子が五人存在する。

王位継承に絡んでくるのは、第一王子と第二王子くらい。第三王子以下は、原則として王国の次期国王の候補になる可能性は限りなくゼロに近い。言い方は悪くなるが、上二人に何かがあった時の予備……という表現が最も適切かもしれない。

つまりそれは、王子にも待遇に違いがあることを意味していた。

――となれば、ヴァルトルーネ皇女が仲間に引き入れたいという王子は第三王子以下。最高権力者になれる可能性が低い王子ということだ。

「殿下は、誰を狙っておられるのですか？」

複数人の王子を抱き込もうなんて考えてはいないだろう。彼女が皇帝に近付くために王子を懐柔するのは、帝国内での発言権を強めるためでしかない。

王国で密かに巻き起こる跡継ぎ問題などは、帝国とは関係ない。

重要なのは、王国の王子と友好関係を築けたかどうか。誰か一人と交流が持てればそれで十分なのだ。

「セイン第一王子とユーリス第二王子は論外よ。王位継承に絡んでくるあの二人にとって、私と親しくするメリットは薄い。それに私自身も仲良くしたいと思わないわ」

事実と本音を交えつつ、ヴァルトルーネ皇女は淡々と語る。

「そこで、ブロワ第三王子。彼は駄目ね。上二人と同様で性格に難があるし、何より優れた才覚があるわけでもない。扱いにくいし使えないわ」

第三王子へ辛辣な評価を下し、それから彼女は第五王子に関しても、『年齢的に幼過ぎる』として手を出すつもりはないと告げた。

そこまで言い切ってしまえば、彼女の狙いが誰なのかは確定。

第四王子、イクシオン＝レト＝レシュフェルト。

彼は『幽霊王子』と呼ばれ、五人の王子の中でも、特に目立たない存在だった。

そんな彼に目をつけたということは、それなりの理由があるはず。

「殿下。何故イクシオン王子なのですか？」

「それは、彼がとても優秀だからよ。貴方と同じで、ね？」

「なるほど、殿下がおっしゃるのでしたら、間違いありませんね」

彼女の意味深な言い回しで俺は全てを理解した。

それはつまり、イクシオン王子が『無能な王子』を演じているということに他ならなかった。

オーバーラップ文庫&ノベルス NEWS
文庫注目作
処刑された最強は蘇り、再び最強に返り咲く!!
反逆者として王国で処刑された隠れ最強騎士1
蘇った真の実力者は帝国ルートで英雄となる
著：相模優斗　イラスト：GreeN
ノベルス注目作
臆病な最強魔女の「何でも屋」ライフスタート！
暁の魔女レイシーは自由に生きたい1
〜魔王討伐を終えたので、のんびりお店を開きます〜
著：雨傘ヒョウゴ　イラスト：京一
2302 B/N

10

レシュフェルト王国の王子として生を受けてから、この人生に期待したことなど一度たりともない。血を分けた兄弟たちは、自分勝手なやつばかり。王子だからという理由で、城内での横柄な振る舞いを繰り返すばかり。父上や母上は、上二人の兄にしか興味がなく、第四王子の俺なんかは久しく会話すらしていない。

「……はぁ、退屈だ」

窮屈な部屋で、ただ時の経過を待つばかりの日々。剣術や教養の勉強などは悪過ぎない程度の結果が出るように行い、目立たないように努めた。

――こんな人生にどんな意味を見出せば良いのだろうか。

そんな疑問を胸の内に抱いた日からずっと、王子の立場を捨ててしまいたいと思っていた。

国王になれない第四王子。窮屈で、退屈で、何一つメリットを感じない身分。

「いっそ、ヴァルカン帝国に亡命して……平民として生きるのも悪くないな」

呟いた言葉は、ほんの冗談。

本気でそんなことを望んでいるわけではないが、少なくとも現状を維持し続けるよりは魅力的な生き方だった。

自由に外の世界を見て、自分のために生涯を送りたい。俺は本気でそう思っていた。

「殿下。お客様がお見えになりました」

部屋の外から侍女の声が聞こえてきた。

俺の下を訪ねてくるような人は決まって奇人変人。こんな落ちこぼれ王子に媚びを売るだけ無駄だからである。普通なら俺なんかよりも、上二人の兄との親交を深めようとする。その方が、確実に利点があるからだ。

「誰だ？」

「それがその……えっと。誰と申し上げますと、ちょっと説明が難しいのですが」

扉越しにも分かるくらいに侍女は動揺している。

要領を得ないまま、モゴモゴと口籠る。

──少しだけ興味が湧いた。

「いや、いい。その客人はどこにいるんだ？」

俺は侍女の返答を聞く前にスッパリ決断を下した。

「お客様は、すぐ隣の客間にいらっしゃいますが……えっと、殿下」

「会おう」

「へ？」

「だから、その客人に会うと言ったんだ」

俺は部屋の扉を開いた。

驚いたような顔の侍女が面前で固まっているが、特に気に留めることなく周囲を見渡した。

廊下は静まり返り、隣の部屋にいる客人の声すら聞こえてこない。使用人の姿も見えず、普段通りの閑散とした場所だった。

「殿下、本当にお客様にお会いになるのですか？」

侍女の投げかけた疑問に俺はすぐに言葉を返す。

「ああ、俺に会いたいという物好きの顔を、この目でしっかりと見てやりたくなった」

「そう、ですか……いえ、でも！　そのお客様はですね、ちょっとその……殿下との関係が複雑と言いますか……」

この侍女は客人と俺を会わせたくないような顔をしている。

「俺がその人に会うと不都合でもあるのか？」

「い、いいえ。そのようなことは特にない……と思いますけど」

「なら、いいだろう。すぐに呼んでくれ」

――久しぶりに、少し楽しい気分だ。

侍女がこんなにも渋々というような態度を取る相手とは、誰なのだろうか。

俺なんかにわざわざ会いに来た物好きは誰なのかと……隣にある部屋の扉の前に立つ。

「さて、俺なんかに会いに来た暇人は誰だろうな……」

そして、ゆっくりとその扉を開いた。

部屋に一歩足を踏み入れると、空気の変化を感じた。

和やかな空気……に加えて、ピリついた緊張感のある空気が同時に漂ってくる。

「………貴女は」

中にいたのは、見覚えのある人物だった。

王族、貴族のみならず、あらゆる人が彼女のことを知っている。

何故なら、彼女は王国と帝国の架け橋となった人物。

「ご機嫌よう。イクシオン王子」

「ヴァルトルーネお姉様……？」

兄の婚約者である帝国の皇女、ヴァルトルーネ＝フォン＝フェルシュドルフ、その人だったのだから。

「何故……？」

疑問が浮かぶ。俺なんかのために時間を割くような人ではないと思っていた。

何が目的であるにせよ、彼女への非礼は許されない。

外交問題に発展しかねないからだ。

先程までの興味本位な態度はすぐに隠す。

冷や汗が出ているのを感じつつ、俺は部屋の奥へと進んだ。

呆気に取られてから、どのくらいの時間が経ったのだろう。

固まる俺を前にして、ヴァルトルーネ皇女は瞬き（まばたき）をし、そのままにこやかに俺が口を開くのをただ待っていた。

その表情は、以前見かけた時とは比べ物にならないくらいに大人びたもの。

まるで全てを見通しているかのような物憂気な瞳が、彼女の微笑み（ほほえみ）と相まって不自然に感じられる。

「あの、どうして……こちらに？」

喉から絞り出した言葉は、質問にならないような曖昧な疑念を含んだもの。そんな不足だらけの言葉でも、彼女は意図を正確に理解したような表情になり質問に答え始めた。

「貴方に会いに来たのよ。イクシオン王子」

彼女はそんなことを告げる。

……やっぱり分からない。何故、彼女が俺に会いたいと思ったのだろうか。

彼女とは簡単な挨拶をする程度の間柄だった。

それなのに、今の彼女はまるで――俺に大きな興味を示しているようだ。彼女の中で一体、どういった心境の変化があったのだろうか。

その答えは、すぐに彼女の口から聞くことができた。

「それから、一つ訂正させてもらうけど……私はもう貴方の姉ではないわ」

俺の心を見透かしているようで、胸がざわついた。

これはなんだ？

嵐の前触れかと思うくらいに、これから先の未来で、とんでもないことが起きるような、そんな予感がした。

「イクシオン王子……私はユーリス王子との婚約を解消しました。なので、お姉様などと気を遣って頂かなくても構いません」

スラスラと話すヴァルトルーネ皇女は、表情がとても穏やかだ。

しかし、俺の心中は大きく波立っていた。彼女もそうだが、その横にいる男……黒髪の護衛には、先程から幾度となく視線が引き寄せられる。

こっちは命の危険という意味合いで、ヤバそうな雰囲気が漂っていた。

俺自身が威嚇されているとか、そういうわけじゃない。それなのに、背筋に走る悪寒が、彼を怒らせてはいけないと激しく警鐘を鳴らしている。

曖昧な勘などではない。その証拠に、彼女が彼に全幅の信頼を置いているのがよく分かる。帝国の皇女に護衛が一人だけなんて普通ではない。

「…………」

男は何も喋らないが、彼女に時々目配せし、何かを示し合わせているかのような仕草を見せている。

『もう、逃げられない』自然とそんなことが頭に浮かんだ。

こんなのは初めてだ。

俺が何を言おうとも、この二人の前では全て無駄になりそうで、御託を並べていればご機嫌になる有象無象なやつらとは、別の存在に思えてならない。

話し合いを長引かせたところで、きっと意味などない。

それなら、さっさと用件を聞き、すぐに帰ってもらおう。

俺にとって、この空間はとても息苦しい。

「それで、ヴァルトルーネお姉様の本当の目的はなんでしょうか？」

俺に会いに来たなどと、つまらない冗談を言うために、彼女はこんなところまで赴かない。

彼女は俺が考えている以上に聡明だ。

俺の言葉を聞き、ヴァルトルーネ皇女の表情が一気に変わる。

にこやかな顔は真顔に戻り、彼女本来の姿を目の当たりにした気分だった。

「そうだったわね……貴方と腹の探り合いなんて無駄なことだったわ。貴方はとても賢い人だもの」

俺の何を知っているというのだろうか。

彼女は値踏みするような視線を向け続ける。

彼女は、俺に何かをもたらそうとしているのか。

それが俺をどんな方向に左右するのか。それは全く分からないが……彼女の話を聞けば、間違いなく俺の運命は大きく揺れ動く。

彼女はニヤリと悪い笑みを浮かべて、前屈みになった。

「イクシオン王子。…………貴方は、この国の統治者になりたいと考えたことはあるかしら？」

今、目の前に置かれたのは、触れればすぐに爆発してしまうような特大の爆弾だ。

この危険な取引をする覚悟を、俺はこの瞬間に決めなければならないのだろう。

11

こうなることは予想できていた。

ヴァルトルーネ皇女と同じテーブルに着いた時点で、全てが向こうの思惑通りに進んでいた。

「……いいでしょう。ヴァルトルーネお姉様と手を組みます」

レシュフェルト王国第四王子である、イクシオン＝レト＝レシュフェルトは、この日を境に──王国を見限る決意をした。

彼女との協議の結果、俺は近いうちに起こる王国と帝国の戦争において、帝国側に付くことを約束した。

ヴァルカン帝国の軍事力は、世界トップクラス。

王国もそれなりに軍備に力を入れてはいるが、帝国と戦って勝てるとは到底思えない。

そしてなにより、

「ありがとう。イクシオン王子」

兄たちよりも遥かに聡明なヴァルトルーネ皇女との敵対なんて考えたくない。

「いえ。自分自身にとって最も利がありそうな方を選んだだけです」

「それでも、私は嬉しかったわ」

付け加えて言うなら、彼女の言葉が魅力的であったというのもある。

『両国の戦争で帝国が勝てた暁には、王国の新王として、貴方を推薦することを約束しましょう』

そんなことを聞かされて、心が動かないわけがない。

彼女とユーリス兄さんが婚約を破棄した時点で、両国の関係が破綻することは目に見えている。

婚約破棄の話は初耳であったが、父上立ち合いの下、正式に婚約がなくなったというのであれば、それは覆しようのないこと。

——この国に尽くしたとしても、第四王子なんて立場の俺は、確実に邪魔者扱いされるに決まっている。

戦争が始まったら、多分前線送り。

『死ぬまでこき使われる』なんて最悪な未来は回避しておきたい。

対して、帝国に味方した時のメリットはかなり大きかった。

次代の国王にしてくれると、かの帝国の皇女が打診してくれているのだ。彼女は少なくとも、セイン兄さんやユーリス兄さんよりは遥かに信用できる人物だと感じている。

加えて、前線で無理な戦いに駆り出される可能性も低そうだ。

必要な時に協力をしてくれれば、あとは俺の好きにしていいと彼女は言った。

――こんな好条件を呑まないわけがない。

「改めて本当にありがとう、イクシオン王子。貴方の英断に感謝申し上げます」

英断、か……彼女は、俺に頭を下げてそう告げた。

第四王子という微妙な立ち位置。次期国王になる望みも薄く、自由な人生を送れるなんてこともない最悪な身分。けれども、その最悪な身分だからこそ、彼女は声を掛けてくれた。

不遇な俺なら引き込みやすいと踏んだのだろう。

いい判断だと思う。実際、俺は彼女に手を貸すことを決めた。手に入れやすい駒だという自覚もある。

その上で、俺は尋ねた。

「ヴァルトルーネお姉様、まずは何をすれば？」

彼女に手を貸すと決めた以上、もう後戻りはできない。

「あの、イクシオン王子。先程から言っておりますが、私はもう姉と呼ばれるような立場では……」

「いえ、可能であれば、今後もそう呼ばせて頂きたいです？」

「…………」

どちらにせよ、いずれは王国と対立することになる。彼女に味方する以上、俺は彼女を血の繋がりのない姉として慕い続ける気でいた。だから、呼び方はこのままがいい。

これは俺の覚悟の証でもあった。

「分かりました。私のことは、好きに呼んでくれて構いません」

「ありがとうございます。お姉様」

そして話題は、俺のやるべきことに移る。

「イクシオン王子、早速ですがお願いがございます。近いうちに王国は、帝国の領地であるディルスト地方の譲渡を要求してくるはずです。そして帝国に攻め込んでくる。……その時、王国軍の侵攻をほんの少しでいいので遅らせて欲しいのです……可能ですか？」

彼女の提案を実現させるには、軍部に口出しすることが必須だ。第四王子という立場の俺がどこまでやれるかは未知数であり、かなり骨が折れそうだ。

けれども、俺は迷うことなく、彼女の言葉に対し首を縦に振った。

「承知しました。なんとかしてみせます！」

賭けた方に全力を尽くすのは当たり前のこと。これまでしてこなかった努力を、彼女のために使うことを誓った。

第四王子のままで終わるはずだった俺の人生は、大きな一歩を踏み出した。

第三章　皇女の専属騎士と特設新鋭軍

1

イクシオン王子との会談は滞りなく行われた。

ヴァルトルーネ皇女の目論見通り、彼は帝国側に味方すると約束してくれた。

口約束である以上、どれほど信用していいのか俺にはさっぱりであるが、彼女はとても上機嫌だった。

俺と彼女は王城を離れ、用意された馬車に乗り込んだ。

このまま帝国の首都アルダンに向かう予定である。

「あの、殿下」

「何かしら？」

「イクシオン王子殿下の件なのですが、本当によろしいのですか？」

彼女がイクシオン王子とした約束。彼を次期国王にするという内容についての話だ。

「彼が殿下のおっしゃっていた通り、誠実で優秀なのは確かに伝わってきました」

けれども彼は、王国の王子。

王位継承に絡まないとはいえ、あそこまで簡単に話が進んだのは些か不自然に感じた。

もう少し葛藤とか、戸惑う様子を見せても良いのではないかと思うほどに、彼は落ち着き払った態度で、こちらの要求を呑んでいた。

それが逆に不安要素として心に引っ掛かっている。

「アルディアは何が言いたいの？」

「順調過ぎると、感じてしまいました。彼が裏切るのではないかと、そう思えてなりません」

俺がそう告げると、彼女も「そうね」と相槌を打つ。

『次期国王にしてあげる』という彼女の言葉は、イクシオン王子にとって相当魅力的だったのだと思う。

けれども、他国の皇女の言葉をそう簡単に信じるだろうか。

一見イクシオン王子の態度は、彼女に対して非常に好意的なもののように見えた。しかし、それが本心なのかどうかを完全に推し量ることはできない。表向きの顔で本心を取り繕う人間など、この世に山ほどいる。王族や貴族であれば、その可能性を考えさせられる機会は余計に多い。

「……心配いらないわ」

そんな不安をよそに、彼女は横に座り柔らかい言葉遣いをする。

「大丈夫でしょうか？」

「ええ、アルディアの懸念もよく分かるけれどね」

にこりと微笑むその顔は、まさに理想の皇女様というような可憐さだった。

そのまま彼女は、俺の手の甲にそっと自分の手を添える。

思わずドキッとしてしまった。

彼女の行動の意図が摑めず、そのまま背筋をスッと正していると、彼女は静かに話し始めた。

「イクシオン王子が裏切る場合も、もちろん想定しているわ。けれど、その辺りは抜かりないから安心して」

「はい……」

「本当に大丈夫。私たちの望む未来は、確実に近付いている。なんとかなるわ」

彼女がそう言うのであれば、足場を固めることは容易であるはずだ。

俺は彼女のために、やれるだけのことをやる。

「帝国に戻ったら、まずは何をしますか？」

「そうね……私がイクシオン王子と通じているように、帝国内にも王国の上層部と繫がっている者が少なからず存在するわ」

「そうですね」

両国が戦争になった場合、内側に危険因子が多く潜んでいると、不利になる可能性が高まる。

膿は徹底的に出し切るということか。

古来より、そういう裏切り者は一定数存在する。

彼らが派手に動き出すことはあまりない。裏切り者ほど慎重に行動するものである。

「探し出すのは骨が折れそうですね」

「そんなことないわ」

「そうなのですか？」

「ええ。時代は違っても、過去の世界を知っている私なら、帝国内の裏切り者はある程度推測できるもの」

「なるほど」

俺たちには、他者にない強みがある。未来を一度経験しているという点だ。しかしながら、裏切り者の洗い出しができたとしても、彼女が直接動くのは身分上難しい。

「殿下、帝国内の調査、俺が担当してもよろしいでしょうか？」

だから、その役目を俺が担う。

彼女の手足となり、望む未来の足掛かりとなるように。

「ええ、ありがとう。でも貴方だけに任せるつもりはないわ。大変だもの」

俺だけでは、やれることにも限界があると分かっているのだろう。

「では、他の者にも任せるということですか」

「その通りよ。有能で信頼できる人物に目星が付いているの。彼らを仲間に引き込めれば、後々の物事がスムーズに進むわ」

「なるほど」

仲間集め……それも交渉次第な感じがする。

「では、殿下が信じる者たちを味方に付けるところから始めましょう」

「お願いできるかしら？」

「お任せください」

彼女は、皇帝に相応(ふさわ)しいと思われるだけの功績をあげるつもりでいる。そのためには多くの人手が必要だ。だからこそ俺は、彼女に付き従い、その理想を叶(かな)えるために尽力する。

2

ヴァルカン帝国。首都アルダン。

総人口三五〇万人を超える世界随一の大都市であり、帝国の北部に位置している。

海に面していることから貿易も盛んであり、クリミア商会を筆頭に大きな利益を生んでいる。

まさに帝国の首都たる発展を遂げているのだ。

大陸の南側にある王国領からはかなり離れた場所にあるため、馬車での移動は数日を要することになった。

騎竜(キリュウ)であれば、もう少し迅速な移動ができたのかもしれないが、そこまで急いで向かう必要もなかったため、馬車で十分だと、彼女は考えていたようだ。

「お疲れ様です。殿下」

「ありがとう。貴女も疲れたでしょう？」

「いえ、俺は大丈夫です」

馬車から降りれば、既にアルダンの街並みが目の前に広がっていた。

いくつもの高層建築物。統一感のある落ち着いた色合い。それがずらりと帝城に向かって並ぶ。国の中心部に向かえば向かうほどに、その建物の数は増え、街並みを一望した感想は『圧巻』その一言に尽きる。

「ここは凄い場所ですね……王国とは全然違う」

一度目の人生で、帝国の街並みをゆっくり眺めたことなどなかった。

この都市も……目の前の敵をただ斬り伏せることだけを考えていたからか、こんなに素晴らしい街並みの記憶など微塵も残っていなかった。

「そうね。帝国の建築方式は王国のものとは異なるわ。美しさをより重視するのが王国。反対に機能性と都市の要塞化に重点を置いたのが帝国。王国から帝国に来た人たちは皆、別の世界に迷い込んだみたいだと口を揃えて言うわ」

「言われてみると、確かにそのように感じます」

彼女の言う通り、帝国の建物はとても頑丈そうな素材で作られている。

それに都市を取り囲む城壁は高く分厚い。

「都市の外側の家屋は外壁に金属を使用しているのですね」

「ええ、外側は特に頑丈な造りの家が多いわ。火災にも強いのよ」

――要塞化に重きを置いたという彼女の言葉にも大きく頷(うなず)ける。

「アルダンは海に面している分、陸地から都市への入り口は限られているわ。……過去に王国軍率いる連合軍に追い詰められた帝国軍が、アルダンを最後の砦(とりで)として戦った。圧倒的に不利な戦力差の中で、連合軍からの猛攻を七ヶ月間耐え抜けたのは、この都市が守り易(やす)かったお陰ね……」

帝国完全敗北に至るまでの道のりはそれなりに長かった。

過去の帝国軍は、この場所で勇敢に戦い、そして散っていった。ヴァルトルーネ皇女もこの場所を守り抜こうと、必死に奮戦したのだろう。彼女の横顔は、懐かしさと悲しみが混じったような、複雑な感情を宿しているようだった。

「殿下」

「ん？」

「今回こそは絶対に……守り切りましょう」

帝都が陥落した過去は、この世界には存在していない。

俺と彼女の心にだけ刻まれた、もう一つの世界での血塗られた歴史。

――彼女が悲しむ未来はもう来させない。

「そうね。必ず！」

ヴァルトルーネ皇女は俺の手を強く握る。

温かく、細くしなやかだが、同時に力強さも感じる綺麗(きれい)な手。この手が血にまみれ、何人もの悲しみを背負っていくのかと考えると胸が苦しくなる。

きっとそれは、彼女に与えられた宿命。

だが、彼女の背負う負担を軽くすることはできる。

「支えます。貴女を——貴女だけを、この命がある限り」

「なら遠慮なく、貴方(あなた)に頼るわ」

「お任せください」

だから、この手を離す日は訪れない。

この都市を二度と血生臭い戦場に変えないと誓う。

「人探しをするのですよね？」

「ええ、アルディア。私は自由に動き回れない……だから、頼んだわよ」

「はい、仰せのままに」

どうかこの平和が、この先も維持できますように——そう心の底から願った。

3

アルダンの街中(まちなか)は、想像していた以上に広かった。数多くの区画があり、それぞれに違う顔を覗かせていた。

そして表向きは、とても栄えているような印象があるものの、この大都市にも光が当たらない暗がりが多数存在している。静寂がもたらす重々しい空気感は、アルダンの表だけを見ていると全く分からない。それくらい雰囲気に落差があった。

薄暗い細道を無言で歩く。

俺はヴァルトルーネ皇女と別行動を取り、彼女からの指示で人探しを行っている。

「ここら辺、か……」

アルダンは、目覚ましい発展を遂げた都市である一方、貧富の差も顕著に表れている。

城壁の外側には、ボロ家がチラホラ並んでいた。

平民であっても、城壁の内側と外側という住む場所によって、生活水準はかなり変わる。

内側にいる市民は比較的裕福な暮らしをしている。

対して外側に暮らす人々は、無法地帯と思えるくらいに、手入れの行き届いていないスラム街のような場所で日常生活を送っている。

「落差が、激しいな……」

街灯も少なく薄暗い。

人を探しにくい場所だ。

それでも俺は、彼女の求める人物を見つけ出し、仲間にしなくてはならない。

その探し人が、彼女にとって重要な存在だからだ。

『ファディという名の男を探しなさい。平民ながら、強力な魔法が使えるわ。加えて、領域制圧能力がとても高く、諜報任務にも向いている。仲間にできれば、これ以上ないくらいに活躍してくれるはず。だから本当に頼んだわよ』

彼女から伝えられた情報は、かなり大雑把なものだった。

実際、ファディという男は未だに見つからない。

顔の特徴であったり、年齢であったりが、もう少し分かれば楽に探せるのだろう。しかし、そう簡単に見つからないから重要な任務なのだ。

「すみません、ファディという方を知りませんか？　この近辺に住んでいると聞いたのですが」

「ファディ？　知らねぇなぁ。この区画にはいないと思うぞ」

「そうですか。ありがとうございます」

かなり長時間探したが、手がかりは一向に摑めない。

ファディを知っている人がそもそも存在しないのだ。

もう夜も更けている。どうしたものかと考え込んでいたら、

「ちょっとお兄さ～ん？」

背後から軽く肩を叩かれた。

何事かと思い振り返ると、そこには一人の青年が立っていた。年齢的には十代後半くらい。同年代というより、年齢的には若干下のように思う。細身だがそれなりに肉付きが良く、顔色も、周囲の環境から考えると良い方である。赤髪で顔の彫りが深く優しそうな雰囲気。

しかしその優しげな空気感とは裏腹に、説明できない違和感が存在していた。言い表せないが、何かがズレているような感覚。服装も汚れ過ぎておらず、かと言って富裕層というわけでもない。

少しだけ警戒を強めるが、不審な点は今のところ感じられない。ただ興味本位で俺に構っているだけのように思えた。その青年は急激に顔を近付けてくる。

「ファディって人を探してるんですか？」

「はい、そうですが……」

青年は興味深そうに尋ねてくる。

「ファディに何か用事？」

「貴方は、彼をご存じなんですか？」

「まあね。それで、お兄さんはどうしてファディを探してるの？」

聞かれて俺は、どう答えるか戸惑った。『ヴァルトルーネ皇女から探せと命じられた』とは口が裂けても言えない。余計なトラブルに巻き込まれる可能性が大きくなるからだ。

そして彼は、王国との戦いにおける戦力として重用されることだろう。

『探し人を戦争の人員にしたい』なんてことを素直に教えたくはない。でも、詳しく説明しなければ、ファディの居場所を教えてくれないかもしれない。

考え抜いて、絞り出した答えは非常に曖昧なものだった。

「実は……皇室の命令で優秀な人材を探すように言われているんだ。ファディさんのことは、その優秀な人材リストに載っていた」

極限まで詳細部分を濁した答えだが、嘘ではない。

「へー、そうなんだ」

「だから、彼がどこにいるかを知りたいんだが……」

そう告げた俺に、青年は笑顔でとある情報を伝えてきた。

「でも、お兄さん。ファディの悪行とかは知ってるの？　彼は暗殺稼業で生計を立ててるヤバい人なんだよ」

——俺の知らない情報だ。

彼の顔色の変化を確認しつつ、姿勢を正す。何か彼なりの意思表示をしたいのだろうと感じた。ファディと俺を引き合わせることに抵抗があるのだろうか。そうだとすれば、楽しそうに笑っているのは色々と矛盾している。

「どうです、どうです？　探す気は失せちゃいましたか？」

青年は尋ねてくる。ファディに恐れを抱いたかと。

しかし、個人的な感想としては、特段面白みのないものだ。

「いえ、特に探す意欲に変化はありませんが」

「え……！」

そんな些細なことは特に気にならなかった。暗殺稼業は確かに人を殺める行為であり、誉められたものではない。しかしそれだけで、求める人材を諦める理由にはなり得ない。

「その情報は知りませんでしたが、それを知ったところで彼を探さない理由にはなりませんね」

青年は意外そうな顔をしていた。

俺が恐れ慄いて逃げ出すとでも思ったのだろうか。甘く見てもらっては困る。

こう見えて、俺は戦場で命の奪い合いを幾度となく経験した。

普通では、あり得ないことも——一度は死んだ経験だってある。

暗殺がどうのと言われた程度で、怯えるようなことはない。その者が喉元に刃を突き立てるというのなら、武力行使によって黙らせればいいだけのこと。脅威があるかどうかは、実際に会ってから判断すればいい。

「へー、お兄さんって怖いもの知らずなんだね」

青年は目を輝かせて、こちらへの興味をより一層強めたような顔をする。

「怖いもの知らずというわけではありません。ただ皇室からの命令を完遂したい。その一心だけです」

「ああ、命令？」

「はい、優秀な人材を探すことです。時間は有限、一秒たりとも無駄にはできませんから」

ヴァルトルーネ皇女が皇帝となり、帝国を導く。そのための人材は、早めに集めなければならない。他所の国や組織に流れてしまったら、その分の損失は、手に入らなかったという事実を加味しても単純に倍。俺に躊躇している暇なんてない。

「じゃあさ……お兄さん」

「ん？」

「お兄さんの探しているファディを味方にしたとして……それで、とある上位貴族が敵に回っても……同じことが言えるんですか？」

——難しい質問だ。

ファディという存在は、貴族を敵に回すとしても、手に入れる価値があるかという質問。

この場合の貴族は、帝国貴族のことだろう。

ファディに反感を抱いているか、或いは不利益を被る可能性があるか。

一瞬考えて、俺はすぐ青年に視線を戻した。

「人による……かもしれません」

「は？」

どうやら俺の答えが意外だったようだ。

「なんで……上位貴族だよ？　普通は手を引くところのはずだけど」

確かに普通はそうなのだと思う。

しかし俺と彼女は例外だ。身分を重視することは大切だが、俺たちに限ってはそれに拘り過ぎることはない。

何故なら、貴族至上主義を重んじるあまり、王国との戦争に敗北する帝国の未来を実際に知っているからだ。

帝国貴族の全てが、ヴァルトルーネ皇女の味方……なんて簡単な話ではない。

当然、彼女にとって邪魔な貴族も存在するし、彼らの排斥は戦争が起こる二年後までに、全て完了させなければならない。

「貴族だろうと関係ありません。必要な人材には手を伸ばし、邪魔者は徹底的に叩く。それだけのことです」

「それで、本当にいいの？」

「はい、そうでなければ、望むものはずっと手に入らない。信念を曲げていては、何も摑めない」

目的を達するためには、優先するものを間違えてはならない。

だからこそ、ファディという人物に会い、見極めなくてはならない。

彼が彼女の臣下に足る人物か、否かを。

「へー、お兄さんって……格好いいんですね」

「そんなことはありませんが」

青年はニヘラと笑みを浮かべ、何度か頷いていた。

「それで、そろそろ彼の居場所を教えてもらえますか。こちらも時間がありませんので」

「へへっ、うん！　お兄さんいいね！」

先程からこの少年はなんなのだろうか。

「あの……」

「も～、せっかちですね」

青年の意図が摑めず、何をしたいのかが全く分からない。

――流石にこれ以上は、時間が勿体ない。

彼がファディの居場所を知っているにせよ、お遊びに付き合っている暇はない。

直接探し出した方が早そうだ。

「ファディの居場所を話して頂けないのなら、俺はこの辺で……」

立ち去ろうとすると、かなり強い力で腕を摑まれる。

「ああ、話すから！　行こうとしないでよ」

「教える気になりましたか？」

「うん、すっごく」

「でしたら、彼の居場所を教えてください」

ただ黙って彼に視線を向ける。青年はくるりと俺の周りを歩いてから、腰から長めのナイフを取り出す。

「──っ!?」

すぐに剣の柄に手をかけるが、彼は無邪気に笑いながら一歩離れた。

「どういうつもりだ」

「ファディを探してるんでしょ」

「それがナイフを取り出す理由だと?」

「うん……そう。ファディは暗殺者、そしてお兄さんの目の前にもう立っているんだよ」

その一言で、なにもかもを察した。

「お兄さんの探しているファディはね……俺のことだよ」

4

帝城の内部は、黒を基調とした落ち着いた色合いだった。

横をすれ違う人からチラチラと視線を向けられたが、特に気に留めずに歩みを進める。

俺の後ろには二人の男女。

俺がヴァルトルーネ皇女に探すように頼まれて、連れてきた者たちである。

ファディと出会えた後、俺はもう一人、彼女が求めていた人物のところへと赴き、こうして呼び出すことに成功した。

ファディと違い、俺も一度目の人生から面識のある人物だった。

居場所も聞いていたので、探す手間はかからなかった。

「あの、本当に私も来て良かったのでしょうか？」

不安そうに女性は、俺の耳元で囁く。

「貴女を呼んだのは、殿下の望みですから、心配せずとも大丈夫です」

「そう、ですか……」

女性はまだ不安気な顔をしている。

しかし、気持ちを切り替える時間はもうない。

既に目の前には、ヴァルトルーネ皇女のいる部屋の扉があるのだから。

「殿下、少しよろしいですか？」

彼女の私室の扉を叩くと中から声が聞こえてきた。

「入りなさい」

命令形の口調だが、声音は優しくホッと胸を撫で下ろす。

俺は後ろの二人に一瞬視線を送ってから、扉を開いた。

「失礼します、殿下。予定通り二人を連れて参りました」

中へ入ると、にこやかな顔の彼女が出迎えてくれた。

「私の代わりに彼らを連れてきてくれて、ありがとう」

「いえ、とんでもないです」

感謝されたことにより、頬が緩む。

後方にいた二人は彼女に手招きされて、俺の背後からゆっくりと前に出てくる。

「ファディとリツィアレイテね。貴方たちが来るのをずっと待っていたわ。いらっしゃい」

歓迎の言葉を受け、二人は固まっていた。彼らにとっては初対面の相手。ヴァルトルーネ皇女からの一方的な好意に困惑しているようだ。

彼女はそれから、俺の方に視線を向けて一枚の書類を手渡してきた。

「これは？」

「貴方との契約書よ」

「契約書ですか……？」

「ええ、一筆お願いできるかしら」

ヴァルトルーネ皇女は俺とどんな契約をしたいのだろうか。

俺は絶対な忠誠を誓っているし、裏切る行為もしない。

それでも、彼女が心配だと言うのなら、絶対の忠誠を誓うと書面にしてもいい。

俺は書類に目を通した。

『アルディア＝グレーツをヴァルトルーネ＝フォン＝フェルシュドルフの名の下、専属騎士に任命する』

——専属騎士!?

……以前に少しだけその話題は出たものの、専属騎士とはつまり……身も心もヴァルトルーネ皇女に差し出すことを誓うものだ。

彼女のために命を捧（ささ）げる覚悟をし、彼女の命令であれば殺しだって厭（いと）わない。

常に彼女の味方をし、どちらかが死ぬまで、その関係性は断ち切ることができない。

そして皇族は、生涯において専属騎士を一人しか持たない。

その唯一の枠を、彼女は俺に与えようとしている。

「……っ！」

「不満かしら？」

不満どころの話ではない。彼女の迷いなき表情が信じられなかった。

「俺で、いいのですか？　俺なんかが、ご期待に添えるかどうか……専属騎士任命の重みに耐え得るだけの資格があるのかも……」

「アルディア。それは、問題ないわ」

「……殿下」

「私は、貴方に専属騎士になって欲しいと、ずっと思っていたわ……あの時からずっとよ」

あの時というのが、どの瞬間であるのか完全に把握しきれていないが、恐らくは一度目の人生での話だろう。

「貴方が私と歩むことを選んでくれたように、私も貴方と共に歩むことを選んだの。これは、私の意思表明でもある。貴方が私に尽くしてくれるように、私も貴方のために色々としてあげたい。そのための契約よ。……貴方は誰よりも強い。専属騎士にするなら、貴方以外に考えられないわ」

ヴァルトルーネ皇女は一息入れ、俺の手を強く握る。

「とにかく、私は貴方を一番近くに置きたい」

そこまで言われてしまえば断ることなどできない。

最終確認のために、俺は胸に手を当て、彼女の青い瞳をじっとみつめた。

「本当に……俺でいいんですね？」

「ええ、貴方がいいわ」

専属騎士の件……ありがたく、拝命させて頂こう。

俺はサッと、その用紙の項目にサインをした。

迷うことはなかった。彼女の希望を汲むことは、俺にとって何より優先すべきことだ。

「これから俺は、殿下の専属騎士です。殿下のために命を懸ける覚悟を改めて誓います」

「ありがとう」

ずっと前から、この意思は固かった。

けれども、専属騎士になれたことで、その決意の形を鮮明に示せた気がする。

「じゃあ、ファディ、リツィアレイテ。私の下に集ってくれた貴方たちにも、誠意を見せなければいけないわね」

ヴァルトルーネ皇女は、続いて二人に目を向ける。彼女の声を聞いたファディとリツィアレイテは背筋を伸ばした。

帝国の皇女から言葉をかけてもらえるだけでも、平民の身からしたら光栄なこと。

それ以上の恩恵を受けられるというのなら、頰が強張るのは当然のことだ。

「まずは、ファディね」

「はい、ヴァルトルーネ様にお会いできたこと、至極光栄に存じます」

「ふふっ、そんなにかしこまらなくてもいいわ。……貴方は皇族、貴族というものが嫌いでしょうし」

「――――！」

ファディの顔色が悪くなるのが誰の目から見ても簡単に分かる。

額を伝う汗は、内心を見透かされていることへの警戒感が影響しているのだろうか。

彼は唇をキュッと閉め、視線を泳がせた。

その様子を見ながら、ヴァルトルーネ皇女は笑顔を絶やさずに告げる。

「安心して、貴方の考えに文句を付けるつもりはないから。というより、私は貴方の望みを叶えてあげたいと思っているのよ」

「と、いいますと？」

「貴方……リゲル侯爵に不当な借金を背負わされているわよね？」

「えっ……！　どうして」

彼は目を大きく見開き、床を擦るように一歩下がる。

当人しか知らない話を彼女が言い当てたことに心底驚いているようだ。

俺からすれば、彼女が帝国内のどんな情報を知っていようとも驚くことはない。俺も二度目の人生を送っている側の人間だからだ。

しかし、ファディは違う。

「その話は誰も知らないはずですがっ！」

「そのことは今はどうでもいいの。大事なのは、私が貴方の望みを叶えてあげられるかどうかよ。違うかしら？」

結局のところ、この話はそこに行き着く。

「私は貴方の望みを実現させる。貴方は私のために力を貸す……簡単な話でしょう。無闇な詮索は自らを滅ぼすわよ」

全てを看破しているヴァルトルーネ皇女の言葉に、彼は言い返すことができない。

彼は、目を瞑り、ヴァルトルーネ皇女に深々と頭を下げる。

「その通りです……分かりました。私はヴァルトルーネ様に尽くすことを、お約束致します」

ファディは、彼女の言葉を受け入れるしかない。

「ありがとう。リゲル侯爵の罪を公にする。そのために、貴方の手腕を存分に発揮してちょうだい」

ファディは自分を暗殺者と言っていた。隠密行動を得意とする暗殺者であれば、より多くの有力な情報を集めてくれることだろう。

「あのリゲル侯爵に罰を下して頂けるのでしたら、協力は惜しみません」

ファディの瞳には決意の色が宿っていた。

「彼がどのようなことをしているかも、私は知っています。けれど、彼を訴えるなら形ある証拠が必要なのです……あとは分かりますね？」

『その証拠を集めろ』と彼女は示す。

ファディはリゲル侯爵と繋がりがあるだろうし、難しいことではないはずだ。

なにより、皇女という後ろ盾を得た今、リゲル侯爵に怯える必要もない。

「必ず証拠を掴み、ヴァルトルーネ様の下に届けると約束します」

「いい返事ね。期待しているわ」

この日を境に、一人の暗殺者の灰色の人生は少しずつ色を帯び始める。それが帝国の進む先にどのような環境の変化をもたらすのか。それはまだ誰も知らない。

こうしてファディとの交渉は無事に終わった。彼の態度からも、協力は惜しまないだろう。

ヴァルトルーネ皇女はファディから視線を外し、リツィアレイテに目を向けた。

「次は貴女ね」

「は、はいっ！」

茶髪で女性にしては少し背が高め。それでいて彼女は驚くほどに姿勢が綺麗だった。凛とした面持ちで立つ姿は、典型的な優等生感が漂う。彼女の真面目な性格を存分に醸し出していた。

「ふふっ、そんなに緊張しなくてもいいのよ」

「い、いえ……そんな！」

ヴァルトルーネ皇女が宥めるが、彼女の表情は強張ったまま。先程までのやりとりを見て、少し警戒しているようだ。ファディがヴァルトルーネ皇女との話し合いで圧倒されていたのを肌で感じていたのだろう。

でも、心配する必要はないと思う。

その予想通り、ヴァルトルーネ皇女は穏やかな口調で告げる。

「それでリツィアレイテ……貴女には、新設する軍の指揮官になって欲しいの」

彼女の言葉にリツィアレイテは目を大きく見開いた。

「私が……ヴァルトルーネ様の創設する軍の……指揮官、ですか!?」

「そうよ。貴女に頼みたいとずっと思っていたのよ」

「ええっ!?」

ヴァルトルーネ皇女が彼女に傾倒するのは、なんら不思議なことじゃない。

何故なら彼女は、一度目の人生において——ヴァルトルーネ皇女の専属騎士を務めていたのだから。

5

俺が人と出会うのは、いつだって息の詰まるような場所だった。目の前に立ちはだかる凛とした女性は、大きな騎竜と共に槍をこちらに差し向けている。彼女の立ち姿は見惚れてしまうほど美しく、どこかヴァルトルーネ皇女の持つ堂々たる風格を彷彿とさせた。

『私はリツィアレイテ。殿下の専属騎士です。覚悟はよろしいですか？』

ヴァルトルーネ皇女と主従関係にある彼女は、真っ直ぐな瞳でこちらを見据えていた。その瞳に映る俺は、どう見えているのだろうか。そんなことを考えながら、対峙を続けた。

彼女とは度々戦場でぶつかり合った。俺の振るう剣がまともに効かない相手は、ヴァルトルーネ皇女を除けば、彼女だけだったと思う。

彼女は本当に優秀な人だ。騎竜に跨りながら、リーチの長い槍を使って、俺の接近を許さない。死角に潜り込もうと何度も挑んだが、ことごとく防がれて、決着は最後までつかなかった。

ヴァルカン帝国の中で言えば、間違いなく最強の騎竜兵。王国軍の侵攻をことごとく潰して、ギリギリの状態だった帝国軍を持ち堪えさせていたのは、彼女の手腕の賜物なのだと思う。

そんな彼女は平民、そして女性という身分からか、戦争の終盤から台頭してきた敵将だった。本来ならもっと早くに、名を轟かせても不思議ではないくらい強かった。彼女が表舞台に現れたのは、同時に身分差を重んじる帝国が苦しい戦況に置かれていることも示していた。

『また、引き分けですか』

『……そうみたいだな。残念ながら』

『なるほど。我が主君が、貴方を気に入るのも頷けますね。貴方の剣はとても洗練されている。敵にしておくのは本当に惜しいです』

あの時の俺は、彼女の言葉に罪悪感を募らせながらも、敵としての立場を貫いた。

『俺は……レシュフェルト王国の騎士だ』

『ええ、存じています。貴方が私たちの味方にならないのは、我が主君より耳にタコができるほど聞かされているので』

彼女は俺のことを敵ながらよく知っていた。

彼女はそのクールな面持ちを崩し、とても残念そうに項垂れた。

『貴方の剣が私の槍を掠める度に思います。もしも貴方が味方であったのなら、どれほど心強いのだろうかと。背を合わせ、戦うことができたなら、どんな強大な敵にも負けないだろうと……そんなことを考えてしまいます』

『そんな未来はない。俺はヴァルトルーネ皇女の味方をしてやれない』

感情と行動の整合性が取れず、俺はかなり苦しんだ。

ヴァルトルーネ皇女との敵対関係を認識すると、心が締め付けられるように痛んだ。

『そんなに苦しそうな顔をしないでください。貴方の事情は我が主君も十分に理解しています。ですので――』

敵ではなく同じ武人として、彼女はスッと槍を向けてくる。

『遠慮などせず、これまで通り全力でぶつかってきてください。この命が尽きぬ限り、貴方の剣は私が全て受け止めます！』

敵対国家の彼女もまた、俺に優しかった。

『……すまない……ありがとう』

『いえ、それが我が主君からの命令ですので』

その一言で、俺の心がどれだけ救われたことか。

彼女の存在は、ヴァルトルーネ皇女に次いで、とても大きいものだった。

6

「どうかしら？」

リツィアレイテの時間は完全にストップしていた。

突然のことで思考が停止しているのだろう。

……あのリツィアレイテの呆けた顔を見ることができるとは、過去には考えられなかったことだ。

「…………」

言葉を発せずにいるリツィアレイテを見て、彼女はすぐさま俺の方に視線を向けた。そして可愛らしくウインクをする。

「アルディア、貴方はどう思う？」

「そうですね。実力や人柄を加味しても、彼女は指揮官に相応しい人物であると個人的には思います」

「そうよね。私も同意見よ」

俺はヴァルトルーネ皇女の意見を最大限に尊重する存在。

とはいえ、彼女が望んでいるからというだけでなく、単純にリツィアレイテに指揮官という立場が相応しいと感じた。

彼女が指揮するのであれば、新設する軍は安定した戦果を上げられるだろう。

「えっ……」

——俺が褒めたことがそんなに意外だったのだろうか。

リツィアレイテは俺の言葉にも動揺していた。

そして、控えめな声で話し出す。

「……その、私は平民で女です。何故、そこまで期待できると言い切れるのでしょうか？

私には分かりません」

彼女はヴァルトルーネ皇女ではなく、俺に向かってそう聞いてくる。

貴族至上主義の帝国では、卑屈になってしまうのも無理はない。過去に出会ったリツィアレイテより、今の彼女は自分に自信が持てていないように見える。専属騎士の肩書を得ていたあの頃とは色々と違う。自身の可能性を、まだ自覚できていないのだろう。

だから、分かりやすく伝える。

「俺は、自身の意見を述べただけです。殿下がおっしゃったように、貴女はそれだけ優秀な方であると思います。平民だとか、女性であるとか……俺や殿下はそんな上辺だけの情報に大きなこだわりを持っていません」

そう言い切った時、ヴァルトルーネ皇女がぷっと噴き出した。

「アルディア、貴方って……ふふっ、私のことがよく分かっているのね」

「専属騎士ですから」

「そうだったわ。貴方、私の専属騎士だものね」

砕けた声音でそう返すと、ヴァルトルーネ皇女は楽しそうな笑みを浮かべた。

「ヴァルトルーネ様も……本当に、私でいいのですか……？」

ケラケラ笑う彼女に、リツィアレイテは訴えかけるように言葉を紡ぐ。

「ええ、私も貴女のことを認めているわ。身分や性別による登用は必要ない。私は……優秀で信頼できる人だけを近くに置くつもりよ」

「優秀……信頼できる……」

──それは彼女の持つ一つの真理だった。

だからこそ、他国出身の……それも平民である俺なんかを専属騎士に選んでくれたのだ。

ヴァルトルーネ皇女は、そこらの皇族や王族とは絶対的に違う。

慈悲の心と芯の強さ、そして鋭い洞察力と判断力を兼ね備えている。

国のために必要な人かを見極め、貴重な戦力として選べるのだ。

「そう、ですか……噂(うわさ)に聞いていた通り、ヴァルトルーネ様は本当にお優しい」

リツィアレイテは瞳を潤ませる。

「これまで、そんなことを言ってくれる人は、誰一人としていませんでした。平民で女の私が、騎竜兵となった時は、お前には無理だと……そんなことばかり言われてきました」

リツィアレイテは強い女性だ。不遇な生い立ちをものともせず、騎竜兵として頑張ってきた。彼女が強い女性になれたのは、逆境に立ち向かい続けたからに他ならない。

「嬉(うれ)しかったです。初めて認められた気がして……」

だからヴァルトルーネ皇女は、一度目の人生において彼女を専属騎士に選んだのだろう。

「大丈夫よ。貴女は必ず、名のある将になるわ。私が保証する」

「はいっ……私はヴァルトルーネ様のために、もっと強くなります！」

リツィアレイテは上昇志向が強い。今の彼女より、まだまだ俺の方が強いだろう。けれども、数年経過したら彼女は俺と並ぶくらいに強くなる。

——俺も、うかうかしてられないな。

「貴女の所属している騎竜兵隊には、異動の旨を伝えておくわ。できるだけ早めにこちらに来て欲しいのだけど……」

「分かりました。荷物をまとめてこちらに移る準備を進めます」

「ええ、貴女の入る部屋の手配はもう済んでいるから……改めてこれからよろしくね。リツィアレイテ！」

「はい！　この命、ヴァルトルーネ様のために！」

彼女は晴れやかな笑顔で、そう答えた。

ヴァルトルーネ皇女の元専属騎士はこうして再び、彼女の下へと辿り着いた。

そして、かつて俺が彼女に言われたことが実現した瞬間でもある。

『背を合わせ、戦うことができたなら……』

俺は俺で、ヴァルトルーネ皇女の専属騎士に恥じない働きをしていこうと、密かに燃えていた。またリツィアレイテにも認められるよう精進していこうと、過去に亡くなった彼女の言葉に思いを馳せながら——静かに決意を固めた。

7

その後の話し合いも順調に進み、ファディとリツィアレイテはゆっくりとヴァルトルー

ネ皇女に頭を下げる。

「では、俺たちはこれで」

「失礼致します」

二人が部屋から出て行く。それを俺は彼女と共に見届けた。二人がいなくなったこの部屋は少しだけ広く感じる。

「……本当に俺が専属騎士で良かったんですか？」

暫しの沈黙を挟んだ後に俺はそんなことを尋ねていた。

フレーゲルのところで言われた言葉は、冗談でもなんでもなかったのだ。当然ながら動揺していた。

それに、過去に彼女の専属騎士を務めていたのはリツィアレイテ。その彼女を差し置いて、俺を専属騎士に指名するなんて驚きだった。

「どうして？　やっぱり不満だったかしら？」

「いえ……ただ専属騎士なら、彼女の方が向いているんじゃないかと思っただけです」

リツィアレイテと俺、実力差はそんなにない。

加えて、彼女とより長い時を共に過ごしたのはリツィアレイテの方ではないだろうか。

「殿下と共に過ごした時間は、王国の牢だけです。それなのに、俺なんかを選んでくれて……嬉しい反面、彼女を差し置いて俺が専属騎士になってもいいのかと、どうしてもそう考えてしまうのです」

彼女は俺の動揺を理解したように、柔らかい笑みを浮かべた。

気がつけば彼女の指が俺の指と絡み合っていた。交差する指の関節同士が当たり、細く白い彼女の温かな手がしっかりと俺を捕まえている。

「リツィアレイテは、確かに私の専属騎士だったわ。あの時の私にとって、専属騎士は彼女以外にあり得なかった……」

そう言ってから、彼女はゆっくり首を横に振った。

「でもね。今はあの時とは違う………貴方がいるわ」

「――――っ！」

「貴方が私の側(そば)を選んでくれた。私が一番求めていた貴方が――だから、これでいいのよ」

まるで告白のようだ。頬はやや赤く染まり、彼女の顔はとても美しく見えた。

「それにリツィアレイテは、私の専属騎士でなくても、大きな功績を残せるはず。だからこそ、私は気兼ねなく貴方を選べたの」

信頼しているからこそ、リツィアレイテを専属騎士に選ばなかったと言う。

「確かに、彼女は騎竜(キリュウ)の扱いが他とは比べものにならないほど上手(うま)い。専属騎士でなくても、武功は数えきれないほど上げてくれそうです」

「そうでしょ？　だから貴方は何も気にしなくていいの。私が貴方を選んだの――それが私の選択なのだから」

本当に光栄なことだ。彼女にそんなことを言ってもらえて、自分は幸せ者だと思う。

専属騎士は皇族のために命を燃やす。

彼女が死ぬ時、俺もまた死ぬ。だから、彼女の温もりを消してはならない。

「専属騎士として、相応しい働きをして見せます」

「ええ、貴方ならきっとできるわ」

——何があろうとも、俺は彼女を守り抜く。

何度もそれを誓い、それでもやはり彼女のことを守りたいと思い続ける。

「やっぱり。俺は……殿下のことが好きなのかもしれません」

「——えっ!?」

「っ！　なんでもありません。では、この辺で失礼します」

ポロッと出た言葉を慌ててごまかそうと俺は顔を隠す。

そしてすぐに、扉を開き外に出た。

「……ずるいわ。貴方にそんなことを言われて……嬉しくないわけがないじゃない」

ヴァルトルーネ皇女が部屋で何かを呟いていたかもしれないが、俺には何も聞こえない。

足早にその場を立ち去ったから、部屋の中の声はこちらに届いていなかった。

1

「おい、アルディア。これはどういうことだよ！」

「私たちにも分かるように、ちゃんと説明しなさい！」

特設新鋭軍設立の一週間後のこと。

予想していた通り、俺は友人たちからの詰問を受けていた。

スティアーノ、ペトラを筆頭に、彼らが俺の顔の近くに差し出してきた紙には、『特設新鋭軍配属証明書』と書かれていた。

「その紙に書いてある通りだ」

端的に返事をすると、今度は後方で様子を見ていたミアが手を挙げる。

「でも、それって私たちに説明してないよね？」

深く青い瞳は緩やかな表情と裏腹に、しっかりとこちらを見据えていた。

「ああ、その通りだ」

「じゃあ、アルっち。説明よろ～」

ミアはそう告げ、一歩後方に下がる。彼女の言った通り、これはこっちが勝手に決めたこと。俺とヴァルトルーネ皇女の意思によって、特設新鋭軍に入れたいメンバーを選抜した結果だった。

「この度殿下指揮の下、特設新鋭軍を発足させた。その初期メンバーに、みんなを入れたいと思っている」

「その！　許可を！　ちゃんと取りなさいよ！」

「俺についてきた時点で、その覚悟があったんじゃないのか？」

「そ、それは……」

ペトラは勢いを急激に失速させ、そのまま黙ってしまう。

少し意地悪な言い方をしてしまったが、友人たちをこちらの国に呼んだのは、争いたくないという理由だけじゃない。有能な人材の確保が急務であったのも理由の一つだ。大きな争いには、それなりの戦力が必要になる。

フィルノーツ士官学校を卒業した彼らなら、即戦力として活躍できるだけのポテンシャルを秘めている。まだ明らかにはしていないが、目先に特設新鋭軍の戦いが控えているというのも、彼らを軍に所属させた要因だった。

今から軍の中枢を担える人材を集めるのは大変であるし、育てるには時間が足りない。

特に部隊を指揮できる人材が喉から手が出るほど欲しかった。

「ついでに聞きたいんだけどさ」

次に険しげな顔をしたフレーゲルが、こちらに一歩近付いてくる。

「アルディアの言っていることは、理解したとして……それで、なんで俺だけこうなってるんだ？」

「何だ？」

彼の手にある書類には、

『皇女付き内政官配属証明書』

他のみんなとは、また違った文字が並んでいた。

「内政官……って、何故？」

フレーゲルの渋い顔を見て、俺は首を傾げた。

「……何故とは？　言葉通りの意味だが」

「だから、なんで俺だけその特設新鋭軍へ配属じゃないんだよ！」

「殿下と話し合った結果、適性の観点から、これが妥当だと判断した」

確かに彼の配属は、他の友人たちとは少し違う。しかし彼の知識量を存分に活かすためには、内政官として、武力以外の点で活躍してもらいたい。

「適性……か」

彼は金色の瞳を鋭く細めた。

「ああ、戦闘面以外のことも考えた。フレーゲルは事務作業とかも得意だったよな？」

「まあな。よく分かってるじゃないか」

「それだけ長い付き合いだからな」

貴族としての教養もある分、この配属は最も適当であると言える。

戦闘時に指揮官の役割を担う人物も欲していたが、ヴァルトルーネ皇女の基礎業務を手伝う内政官も、常々欲しいと感じていた。

勿論（もちろん）、彼女の専属騎士である俺が真っ先に手伝うことは決まっているのだが、それでも手が足りない時は必ず訪れる。

「フレーゲル、これはお前のためでもある」

加えて、彼がヴァルトルーネ皇女の右腕として活躍すれば、彼自身の望みも叶（かな）うと考えたからでもあるのだ。

「俺のため？」

「ああ、お前は俺と共に帝国へ来てくれた。……でもここに来たのは、それだけじゃないはずだ？」

「……それ、は」

「お前には、ここにい続ける大事な理由があるはず。内政官であれば、お前の要望を叶える役に立つ。功績を残すなら将官より、こちらの方が確実だと思うんだが」

「……確かに」

フレーゲルは婚約者のことを愛している。王国での貴族籍を捨てた今、彼が再びその婚約者の隣を歩くためには、この帝国で確固たる地位を築き、認められる必要がある。それを摑（つか）むのに最も手っ取り早いのが、ヴァルトルーネ皇女の仕事を補佐すること。

「異論はあるか？　フレーゲル」

彼は俺の言わんとしていることを察したようで、顔付きが一段と真面目なものになる。

「いや……文句はなくなった。アルディア」

「……？」

「色々と気を遣わせたみたいだな……ありがとう」

俺以外は、フレーゲルが何について感謝しているのかは分からないだろう。だが、俺だけはその感謝の意味を知っている。

「殿下の意向を汲んだ結果だ。気にしなくていい」

「そうか……なら、精一杯務めなきゃだな」

「ああ。頼む」

これは互いに利のある話だ。

彼はこの国にいる、かつての婚約者と再び関係を築くため。

俺はヴァルトルーネ皇女の威厳を、帝国中に広げるため。

俺とフレーゲルは視線を交わし、互いの目的達成のために助け合うことを誓った。

2

その後はなんとか説得を終えて、全員が特設新鋭軍への配属に同意してくれた。

今回は相談をせずに決めてしまったが、今後は事前に事情説明を徹底しようと思った。

「ふぅ……」

深く息を吐きながら、俺はヴァルトルーネ皇女の隣を歩いていた。

「連日、お疲れ様」

「殿下……ありがたきお言葉です」

ペトラたちの説得を終え、俺たちは次の作戦のために会議室へと向かっていた。


ヴァルトルーネ皇女は連日、帝国軍の要人との面会を重ねている。それは初陣を控えた特設新鋭軍の任務を遂行するために、必要なことだったからである。

「今回は、帝国軍騎兵師団長のルドルフ将軍と帝国軍魔道師団長のエピカ将軍との面会があるわ」


——ルドルフにエピカ。


俺はその名に聞き覚えがあった。

「緊張する？」

微笑（ほほえ）みを浮かべて、彼女はこちらに視線を向けてくる。

「はい、少しだけ……」

「そうよね。二人とも、貴方が戦ったことのある相手だものね」

そう……俺はかつて、彼らと激戦を繰り広げた。

帝国軍でも指折りの実力者。リツィアレイテと比較すると、印象としては薄れてしまうが、それでも苦戦を強いられたのはよく覚えている。圧倒的なフィジカルに加え俺が持ち合わせていない熱い闘志を燃やした狂戦士。そして帝国軍最強格の鋭敏な魔術師。タイプの違う二人だったが、強者に数えられるのは間違いない。

「なんというか、変な感覚です」

「かつて殺した相手と話すことが？」

「……はい」

そして俺は、この二人を前の人生で殺した。

敵同士だったのだから、仕方のないことだ。

そんな彼らは、今や敵対国家の者ではない。……どう接すればいいのか分からなかった。

「特設新鋭軍は、近いうちにリゲル侯爵と一戦交えるわ。諸事情で帝国軍が手出しできなくなったから、その役目を私たちが担うことになったの」

「リゲル侯爵……ファディの因縁の相手ですか」

「ええ。彼が悪事を働いている証拠は集まったけれど、帝国軍を動かすには至らなかったわ」

「それで特設新鋭軍の出番というわけですか」

「その通りよ」

事情はそれとなく知っている。帝国軍が動けないのは、軍の内部にリゲル侯爵と繋がりのある者がいるからだ。表向きは彼の罪を確認できないということだが、帝国軍を牛耳っている貴族たちが圧力をかけているのが主な理由だ。

「……ルドルフ将軍とエピカ将軍は、どちら側なのですか？」

ふと疑問に思ったことを俺は尋ねた。

その二人の将軍は、ヴァルトルーネ皇女の味方であるか、否か。

直接話し合うという名目で会うことになっているが、彼らが彼女の信頼する相手であるとは限らない。

彼女の青く澄んだ瞳をじっと見つめ続けると、彼女は不意に立ち止まった。

「もし……その二人が私の敵対勢力に属す者たちだったら、貴方はどうする？」

俺はすぐに口を開く。

「邪魔であれば、殿下の望む通りに致します」

ヴァルトルーネ皇女の敵……それは排除すべきものだ。その一点だけは俺の中で揺るぎなかった。

ルドルフ将軍とエピカ将軍が、この帝国内でどれくらいの発言力を有しているかは、詳しく知らない。想像以上に強大な存在であるのかもしれない。

だとしても、彼女の敵を排除するという、その一点だけは譲れない。

「そんな顔しないで」

「え？」

「安心して、彼らはちゃんと私たち側だから」

俺の頬に手を当てて、彼女は顔を近付けてくる。

「そんなに酷い顔をしていましたか？」

「ええ、鬼気迫るって感じだったわ」

彼女が言うのだから、本当にそうだったのだろう。時々感情を表に出してしまうことがある。自分では冷静に振る舞っているつもりでも、理性の限界を超え、己の醜い部分を晒してしまうことがある。

「申し訳ありません」

これで謝るのは何度目だろうか。

まだ彼女の専属騎士になって間もないのに、失態ばかりだ。

「いいのよ。それだけ私のことを考えてくれている証拠だもの」

「しかしながら、俺はまだまだ未熟者です」

「そうかもしれないわね。でも時間はまだ沢山あるわ。共に成長していきましょう」

「はい」

会議室の前で、俺たちは立ち止まる。

「さぁ、ここからは切り替えて。私の専属騎士らしく堂々と振る舞いなさい！」

「はっ！　殿下の仰せのままに」

3

「お待ちしておりました。皇女殿下」

出迎えに現れたのは、帝国軍魔道師団に所属していると思われる一人の女性だった。長い水色の髪に、特徴的な刺青（いれずみ）が右頬に彫られている。だが、その印象的な容貌と違い、非常に穏やかな雰囲気を纏（まと）っていた。

「エピカ様とルドルフ様が奥でお待ちです」

「ええ、分かったわ」

「こちらです」

女性は一瞬だけこちらに視線を向けたが、すぐにヴァルトルーネ皇女に向き直り、案内を始めた。

「……彼女のこと、知ってるかしら？」

小声でヴァルトルーネ皇女が尋ねてくる。

先導している水色髪の女性を指しているのだろう。

記憶を遡り、彼女の特徴と一致するような人物を探してみるが、

「いえ、見覚えはありません」

思い当たる人物は、浮かんでこなかった。

「彼女は、魔道師団の中でも特に優秀な子よ。コーネリアっていうの」

「やっぱり、聞き覚えがありません」

過去に手合わせをした記憶はない。していたとしても、印象に残っていないのであれば、俺が一心不乱に蹴散らした帝国兵の一人なのだろう。

「実力は申し分ないわよ」

「仲間に加えたいのですか？」

「ふふっ、それはまだ無理ね」

コーネリアが実力者であることは伝わった。

しかしそんなコーネリアに、どう対応すればいいのかまでは推し量れない。

「こちらです」

再度呼ばれて視線を上げると、二人の男女が優雅に紅茶を嗜んでいた。

「コーネリア、案内ありがとう。業務に戻って良いわよ」

「はっ！　では、皇女殿下、エピカ様、ルドルフ様。私はこれにて失礼致します」

コーネリアの去り際、再び視線を感じる。

「……失礼します、専属騎士様」

彼女はすれ違う瞬間、俺にも小さく囁いた。

「………………」

こちらが返事をする間もなく、彼女は扉の向こう側に消えていった。

不快感はなかったが、品定めをされているかのような視線はしっかりと感じた。

　ヴァルトルーネ皇女が彼女を褒めるのも納得だ。専属騎士という肩書を見ているのではなく、俺の内面を探っているような目をしていた。

　コーネリアを意識しながらも、俺はすぐに目の前の二人に意識を戻した。

「ヴァルトルーネ様。お忙しい中、お時間をありがとうございます」

「いいのよ。これは私にとっても大切なことだもの」

　背筋を伸ばして、俺は長く息を吐いた。

　エピカ＝フォン＝ダリウス。

　ルドルフ＝フォン＝アーガス。

　二人は共に貴族であり、慎重に接しなくてはならない相手だ。エピカは非常に人当たりのよい顔をする。しかし、それがどうにも胡散臭く思えてならない。

「それで、彼がヴァルトルーネ様の専属騎士で……名前が、えっと……？」

「アルディア＝グレーツです」

「そうそう、アルディアさんね。思い出したわ！」

　無垢な微笑みだ……客観的に見れば、だが。

　帝国軍魔道師団長のエピカは、軍部でも人気がある。大人びた容姿は安心感を与えてくれる気がするし、少し淀んだ紫紺の瞳は、まるで吸い込まれるように奥深くまで続いている。彼女は実力だけでなく、人心に強く干渉することも得意としている。

「共に帝国の未来を支えていきましょう。よろしくね」

差し出された手を取るか否か、俺は一瞬迷ったが、

「はい、よろしくお願いします」

ヴァルトルーネ皇女の手前、不穏な空気を作るわけにはいかない。

そう思い、素直に手を取った。すると、予想以上にその手を強く握られた。その瞬間から、彼女の普段は秘められている本性にも近い何かが、姿を現したかのように思えた。

「へー」

「……あの、何か？」

「いいえ、ヴァルトルーネ様が初めて選んだ専属騎士がどんな方なのか、ずっと気になっていたもので」

視線は上から下まで舐（な）め回すようなもの。

それは、過去に戦った経験から理解していた。握手は交わしたものの、心は微塵（みじん）も許していない。何を考えているか分からない相手というのは、非常に接しづらいものだ。表情が強張（こわば）ると、エピカはより嫌らしい笑みを浮かべる。

「ヴァルトルーネ様が唯一気に入った人だものね。私も色々と知りたいの」

——やっぱり、この人は苦手だ。

態度が顔に出ないように必死に取り繕う。

「エピカ、その辺にしておけ」

そんな中、ルドルフからエピカを咎（とが）めるような声が上がった。

「……ルドルフ？　私は彼と親睦を深めようとしているだけよ？」

「どこがだ。あからさまに詰め寄って、色々企んでるのが丸分かりなんだよ」

帝国軍騎兵師団長のルドルフ。エピカとは対照的に、愚直な戦い方をする。

その戦い方と同様に物言いもズバズバと真っ直ぐな印象。エピカと同じ立場だけあって、彼女の性格も前々から理解しているような態度だった。

「手を離してやれ。怯えてるだろ」

「怯えてないわよ。……私がこれだけ圧力をかけているのに、ほとんど動じることもなかったし、ねぇ？」

「…………」

まあ、そのくらいで狼狽えていては、専属騎士など務まらない。

修羅場という修羅場を潜り抜けてきたからこそ、彼女の圧にも怯えずに済んでいる。

「ルドルフだって、彼のことが気になるんじゃないの？」

「ああ、その通りだ……だが、それとこれとは別だ。いい加減にしとけ」

ルドルフの言葉を聞き、エピカは無垢そうな微笑みを浮かべて、俺の手を離した。

「ごめんなさいね。悪ふざけが過ぎたわ」

「……いえ」

謝っている割に、反省した様子はない。

殺伐とした雰囲気の中、ヴァルトルーネ皇女の咳払いが、その空気を一変させる。

「そろそろ本題に移ってもいいかしら？」

筋が逸れ始めた話を元に戻すように、ヴァルトルーネ皇女の言葉が耳に伝わる。

探り合いはもう終わりとばかりに、凜とした面持ちで彼女は告げる。

「まず紹介しておくけど、彼が私の専属騎士のアルディアよ。王国から私が連れてきた彼だけど……実力は保証するわ」

これは、エピカとルドルフに向けた言葉。これ以上余計なちょっかいを出すなという意思が含まれている気がした。

「なるほど、ヴァルトルーネ様が認めたのですから、さぞお強いのでしょう」

「ええ、少なくとも今に至るまで、彼に勝てる人は見たことがないわ」

彼女の一言に、エピカが目を細めた。

「勝てる人がいない……それは非常に興味深いです」

「疑わしいなら、時間のある時に模擬戦でもしてみたら分かるわ。アルディアの強さがどれほどなのかがね」

ヴァルトルーネ皇女の俺への評価は驚くほどに高い。

「では、この後少し、お時間よろしいですか？」

エピカの紫紺の瞳がより一層鋭くなった。

「アルディアは強いですから、エピカにとっても良い経験になると思いますよ」

「殺しては、可哀想だし……手加減はそれなりに致しますよ」

「そうね。アルディア、彼女を殺してはダメよ？」

エピカは挑発したつもりだったのだろうが、ヴァルトルーネ皇女の素早いカウンターが炸裂した。出鼻を挫かれ、エピカの表情は暗くなる。

「随分とこの子を買っていらっしゃるんですね」

「ええ、彼が現れなければ、私の専属騎士は空席のままだったでしょう。彼だけが私の専属騎士に相応しい実力を備えています」

それは帝国軍魔術師団長というポストにいるエピカですら、実力不足と言っているようなものだった。

重い空気は益々広がる。挑発に次ぐ挑発。

「ヴァルトルーネ様は、面白いことをおっしゃいますね……ふふ」

何故か俺が、エピカと手合わせをしなくてはいけない雰囲気になってきた。彼女の闘争心がメラメラと不気味に燃えたぎっている。そして、ヴァルトルーネ皇女も、多少ムキになっている節がある。彼女の手を俺はソッと握った。

「殿下、少し落ち着いてください」

「……ごめんなさい。少し冷静さを失っていたわ」

「構いません。ですが、今は話すべきことがあるはずです」

本来の目的は、リツィアレイテの引き抜きと特設新鋭軍の発足に関する話だ。

エピカと手合わせするのは構わないが、この空間に長居するのは気が引ける。

「話が逸れたわ。それで、私が本当に話したいことは、リツィアレイテのこととリゲル侯爵のことよ」

ヴァルトルーネ皇女の言葉に、それまであまり口を出さなかったルドルフが反応を示す。

「リゲル侯爵……あの野郎のことか」

「ちょっとルドルフ。勝手に話に割り込んで……！」

「エピカ、無駄話に付き合うほど俺も暇じゃない」

「────っ！　はぁ、うざ」

「リゲル侯爵と一戦交えることについて、詳しく聞かせて頂きましょうか」

リゲル侯爵についての話に切り替わるようだ。ホッと一安心していると、またしてもエピカが口を挟む。

「……あの。リゲル侯爵とか、個人的にどうでもいいのですが」

「はぁ？」

「聞くなら、先にリツィアレイテ……あの子を優先したいですね」

リゲル侯爵に強い興味を示したルドルフとは反対に、エピカはリツィアレイテの方に強い興味を示した。相反する両者はじっと顔を見合わせる。

「リゲル侯爵の排斥は、俺たち帝国軍にとっても最重要案件だ。単なる一兵士のリツィアレイテとやらのことの前に、話し合うべきだろ」

「はぁ～あ。ルドルフは分かってないわね。リゲル侯爵を排斥しようがしまいが、どの道帝国軍の腐敗が止まることはない。泥舟の未来を案ずるよりも、まずは帝国の将来を背負う若者について話し合った方が建設的でしょう？」

「そんなことまだ分からないだろ！」

「分かるわよ。だって、私が帝国軍に未来を感じていないもの」

「主観での判断なんて、参考にならねぇな」

「あら、魔術師団長でもある私の判断はだいたい正しいのよ」

平行線の話し合いが続いていた。

「リツィアレイテのことから話しましょうか」

この際、順序はどちらでも良かった。結局、ヴァルトルーネ皇女の一言で、リツィアレイテが先になった。優先度については深く考えないが、結局どちらについても話すことは決まっている。

「貴方(あなた)たちの知っている通り、彼女は帝国軍から特設新鋭軍に異動してもらったわ」

事後報告となるが、リツィアレイテが特設新鋭軍に加入したことを伝えた。

「ええ、知っていますよ。本当に良かったわ……努力や実力を認めてくれる場所を見つけられて」

どうやら、リツィアレイテの事情を深く知っていたようだ。

エピカに続き、ルドルフも頷(うなず)く。

「まあ、騎竜(キリュウ)兵師団は貴族優遇が激しいからな。特に女は……酷(ひど)い扱いらしいじゃねぇ

「酷いなんてもんじゃないわよ。ルドルフはのんきね」

「はぁ？」

また喧嘩腰な視線を交錯させている。リツィアレイテに関心が高いだけあって、彼女の方が事情を深く把握しているようだ。

「騎竜兵師団はね。貴族の男性でなければ、上の役職になれないの。たとえ秀でた実力があろうともね。冷遇は、ルドルフの考えている以上に過酷なものだし、なまじ強い子なら、余計に風当たりも強くなるものよ」

「詳しいのですね……エピカ様は」

一通り話してから、彼女は嘲笑うかのように、窓の外に視線を移した。

「うちに入った優秀な魔術師の子も、元々騎竜兵師団にいたのよ。男勝りで強くて、素の実力でそこらの凡才兵士を捩じ伏せることができるような子なのに、こっちに入りたての頃は、自己肯定感が酷く低かったわ」

そう言ってから『だから、騎竜兵師団って嫌いなのよね』と苛立ちを含めた感情を静かに吐き出した。彼女なりに色々と思うところがあるのだろう。

「だから、少なからずヴァルトルーネ様に感謝しているんです。実力のある子が潰されるのは、私の信義に反しますから」

彼女はそう言い、紅茶を啜った。

4

その後、リゲル侯爵についての話し合いも行われた。

この話に強い興味を示したルドルフは、顔を歪める。

彼は帝国軍に漂った貴族優遇の雰囲気が、許せなかったらしい。特にリゲル侯爵の圧力に屈している騎竜兵師団には、激しい憤りを覚えるようだ。

「貴族なんて、クソばっかだ。金があれば、何しても良いって考えが気に入らねぇ！」

ルドルフが机を思いっきり叩くと、紅茶の入ったカップが揺れる。

「あれを増長させるのは、良くねぇんだ」

「でも、私たちは手出しできないものね。歯痒いわね～」

「ちっ……！」

エピカは、ルドルフの反応を楽しんでいるような顔をしている。

趣味が悪いな……。

二人のやりとりを見ながら、ヴァルトルーネ皇女は真剣な顔を二人に向けた。

「リゲル侯爵はこちらでなんとかするわ。私たちが彼を打倒しても構わないのよね？」

「もちろん、こちらからもお願いしたいくらいです」

「そう……両者同意の上ということで、リゲル侯爵に関して徹底的にやらせてもらうわ」

恐らくここにいる二人は、この件について手出しをしない。俺たちの支援をすることもなければ、ピンチに陥ったリゲル侯爵に手を貸すこともない。

「アルディア、特設新鋭軍の仕上がりはどうかしら？」

ヴァルトルーネ皇女に問われ、現在の進捗状況を頭に思い浮かべた。

「リツィアレイテ将軍が急激に部下の成長を促しています。少々強引な鍛錬をしているようですが、リゲル侯爵との戦いに備えるのであれば、問題ないかと思います」

「そう、王国から連れてきた彼らはどうなの？」

「戦場の最前線で指揮を取れるように経験を積ませています。取り敢えず、郊外に拠点を置いている盗賊団の駆除や、犯罪組織との実戦も行わせています」

そう告げたところで、ルドルフから手が挙がる。

「ちょっと待て、盗賊団の駆除って……どうやってやつらの居場所を割り出した？　帝国軍が捜索しても一年に数回しか見つからないやつらだぞ！」

兵士たちに戦闘経験を積ませるために、反社会勢力の発見が必要だった。本来ならルドルフの言う通り、彼らの所在はほぼ摑めない。しかしファディがいるおかげで、それらの問題は解消されている。優れた暗殺者である彼は、同時に裏社会の情報にも明るい。盗賊団の居場所を割り出す程度の任務は、簡単にこなしてくれている。

「申し訳ないですが、その内容に関しては秘匿させて頂きます」

「んなっ！　何故だ！」

「特設新鋭軍は帝国軍とは別組織です。よって、情報共有はできません」

内部情報の漏洩は秩序の乱れに繋がる。

結局、ヴァルトルーネ皇女の下に就くことになったファディによるところなのだが、余計なことを伝える必要はない。

「そういうことよルドルフ。帝国軍の力で盗賊団の脅威を払いたいのなら、自分たちで探すことね」

彼女の一言で、ルドルフはそれ以上の追及をしてこなかった。

「分かりました。不躾な発言をしてしまい、申し訳ありませんでした」

「分かってくれて良かったわ」

大体のことは話し終えた。

「他に質問はあるかしら？」

話を終わらせる前にヴァルトルーネ皇女が意見を集める。

そこで紫紺の瞳を細めたのはエピカだった。

「じゃあ、私から一つ……よろしいですか？」

「ええ、もちろんよ」

ヴァルトルーネ皇女の許可を得た後に、彼女は俺に詰め寄ってくる。

「正直言うと、今回の話し合いの内容はどうでもよかったの。貴方が専属騎士としてヴァルトルーネ様の隣に現れた日から、私の興味は貴方だけに向いているわ」

この感じ……覚えがある。

灰色の景色にエピカの顔が浮かび、魔術の飛び交う苛烈な情景が脳裏で揺れ動いた。

エピカの闘争心が、掻き立てられているのが伝わってくる。雨の降り注ぐ不気味な戦場で、彼女と対峙したあの時と同じ。

彼女の全身に通う魔力が電流でも流れているように肌を刺激した。

腰に下げた剣に僅かばかりの意識を向け、俺は尋ねる。

「俺に何か？」

「ヴァルトルーネ様に認められるのだから、貴方はきっと強いのだと思うわ」

「………」

「でもね。フィルノーツの士官学校に通ってたか知らないけど、専属騎士の地位は貴方のような若者が簡単に得られるようなものではないの。分かっているかしら？」

「重々承知の上です」

これは命を懸けた誓いだ。生半可な覚悟でそれを了承してはいない。

しかし、エピカは告げる——それほどの覚悟が本当にあるのかと。

「覚悟しているのなら……いいわ。私と手合わせしてくださいな？　直接この目で見極めてみたいの」

彼女の言葉には嘘偽りがない。試すだけではなく、俺のことを完膚なきまでに叩きのめしたいという、意地の悪い空気が透けて見えた。

5

ヴァルトルーネ皇女の了承もあり、俺とエピカは城内にある広場を訪れていた。

歴戦の強者であるエピカ。帝国軍魔術師団長という肩書きだけではなく、それに相応しい実力も併せ持っている。

両者の間には数メートル程の距離がある。

だが、間合い的に近接戦闘が有利なくらいには近い。それでも、彼女は余裕の笑みを絶やしていなかった。

「勝敗の条件は話した通り。私は貴方を戦闘不能にするまで、貴方は私に剣を掠りでもさせられれば、勝利ということでいいわ」

エピカは俺に有利な条件を提示してきている。当たり前か。彼女にとって俺は、少し前まで士官学校に通っていた世間を知らない未熟者。自分よりも優れているなんて考えるはずがない。

「その条件でいいのですね？」

「それは、どういう意味かしら？」

「いえ……単なる確認です。この条件で戦うのなら……エピカ卿に勝ち目はないですから」

「――っ！　言うじゃない。学生上がりの癖に、あまり調子に乗らない方がいいわよ」

調子に乗ってはいない。戦況を有利に進めるために彼女を煽っているだけだ。

エピカの魔力は強大であり、敗北の可能性は確かに存在する。その確率を少しでも減らすために、彼女の感情を揺さぶった。

彼女の強みが最大限に発揮され、押し切られる心配はなるべく小さくしたかった。

戦い慣れている彼女が冷静に戦況を読み始めたら、苦戦するに決まっている。

……エピカに冷静さを失わせることは、勝利に繋がる布石の一つだ。

「そろそろ始めましょうか」

「……ええ、望むところよ」

俺は流れるように剣を抜く。

模擬剣などではなく、普段使っている黒い剣。

かつての戦場で数えきれないくらいの人を斬り、その血を大量に吸い込んだ人殺しの剣だ。

「そんな剣で私と戦えるの？」

嘲笑っているが、俺は瞳を閉じて心を落ち着ける。

「ぶつかれば、分かると思いますよ」

「ふーん。そう……」

——それにしても、こんな実力者と戦うのは久しぶりだな。

過去に一進一退の攻防を繰り広げた相手の一人。そんな人と再び真剣勝負をするというのは、どうしても緊張してしまう。心拍の高鳴りを感じながらも、必死に無表情を維持し、剣を強く握った。

「では、これより専属騎士アルディア＝グレーツと魔術師団長エピカ＝フォン＝ダリウスによる試合を始める。両者構え！」

審判はルドルフが務めるようだ。

彼の振り上げた右腕が下ろされた瞬間、この戦いはスタートした。

俺とエピカはほぼ同時に動き出す。彼女は簡単な魔術を挨拶代わりに放ってくる。

紫色の発光体。それは単に魔力を凝縮しただけのもののように思える。しかし俺は、この技の正体を知っている。発光体には触れずに全ての軌道を見切り回避した。

剣で斬り落とせば楽に対応できそうだが、それは向こうの思うつぼだ。

「……あら、よく我慢したわね」

あの発光体に触れてはならない。

あれにはエピカの仕掛けた麻痺毒が仕込まれている。彼女としては、この一撃で俺が安易な判断をして、麻痺毒に冒されて動けなくなることを期待していたことだろう。

「小細工の可能性くらい、考えますよ」

「そう……学生上がりなんて侮蔑的な言葉で罵ったけれど、訂正するわ」

「大変光栄です」

手は抜いていなかっただろうが、今の回避を見て、彼女の意識が研ぎ澄まされたのは確かだ。

「でも、不思議ね。初見で今の攻撃を見抜ける人はまずいないわ。ルドルフみたいな素直で馬鹿なヤツだと簡単に引っかかるのに……貴方は賢い方の人間なのね」

そんなことを喋りつつ、彼女は次なる魔術の発動に備えていた。

「でも、いつまで避け続けられるかしら？」

何度も凶悪な魔術が襲いかかってくる。右に左にと回避し続けるが、その勢いが収まることはない。魔術を避ける度に、彼女との間に距離が生まれる。

──間合いを広げられると厄介だ。

なんとか近付こうと試みるが、絶対に寄せ付けまいというくらいに激しい波状攻撃が立て続けに行われる。そしてその魔術は、麻痺毒、鈍化、催涙、目くらましなどの厄介な特殊効果付き。回避するのも一苦労だ。

「──くっ！」

「あらあら、苦しそうね」

砂煙に周囲を覆われる直前、エピカのほくそ笑む姿が最後に映った。

凄まじい魔術の応酬によって周囲は、砂埃の大煙で真っ白に染まる。

「はぁ、はぁ……流石に勝ったかしら」

「おい、エピカ！　流石にやり過ぎだ……若造相手にあんな攻撃仕掛けたら、死んじまうだろ！」

ルドルフの怒号が響き渡る。

「そ……それは」

「自分の力の大きさを認識していながら、どうして手加減をしなかった!?」

「し、仕方がないじゃない。あの子が挑発してくるから」

「もしそうだとしても、冷静に立ち回るのが大人じゃないのか。未来ある若者の命をなんだと思って……！」

砂煙は濃い。威力のある魔術が起こしたそれは、俺自身の敗北を示しているようだった。

――まあ、負けてなどいないが。

砂塵の中を抜け、俺は一直線にエピカの方へと飛び込む。

「なっ……どうして！」

「終わりです。降参してください」

エピカの喉元の数ミリ手前には、俺の剣の刃がピタリと張り付いていた。

「おいおい、マジか……！」

ルドルフも、まさか俺が立っていられるとは思っていなかったのか、目を丸くして口を半開きにしている。ヴァルトルーネ皇女は、当たり前であると言わんばかりに落ち着いた面持ちでこちらを眺めていた。

「……直撃したはず。私の魔術は……なのに、どうして立っていられるの？」

俺の衣装には、確かに魔術を受けた痕跡が残っていた。あの数の魔術を全て回避することは流石に難しかった。彼女の言う通り、俺は魔術をこの身で受けた。

「……貴女の言う通りです。俺は魔術を躱しきれなかった」

「じゃあ、私の魔術を耐え抜いた……と？」

威力が大きいのに変わりはない。でも、彼女の魔術よりも強力なものを俺は知っている。

ヴァルトルーネ皇女と比較すれば、この程度の痛みは可愛いものだ。

「言ったはずです。貴女に勝ち目はないと」

フィルノーツ士官学校を卒業したばかりの若者。

彼女がそう認識するのは当然のこと。実際に卒業と同じくして、ヴァルトルーネ皇女の専属騎士として仕え始めた。

だが、本当の俺は血肉飛び散る戦場で、多くの戦闘経験を積んできた。

——俺はそこらの新兵と一緒ではない。

「もう、よろしいですか？」

踵を返して剣を収めた。もうこれ以上の言葉は必要ないだろう。

「ええ、もちろんよ。……アルディア＝グレーツ……いいえ、専属騎士アルディア。貴方を甘く見ていたことを詫びるわ。ごめんなさい」

「いえ、誤解が解けてよかったです」

エピカは深々と頭を下げてくる。

それに応じてこちらもペコリと視線を落とした。

「それだけの実力があるのなら、専属騎士に任命されるのも納得ね」

「ありがとうございます」

「……それだけよ」

エピカの顔は何を考えているのか分からないくらいに、無表情なものとなっていた。言い終わり、ヴァルトルーネ皇女にも会釈をしてから、彼女はルドルフの腕を掴む。

「おい、どうしたどうした!?」

「急用ができたので、私たちはこれにて失礼します」

「俺はそんなの聞いてないぞ！」

「うるさい、黙って来なさい！」

その急用というのがどんなことなのかは分からないが、とにもかくにも一件落着と捉えていいだろう。俺はヴァルトルーネ皇女の方へと駆け寄った。

「お待たせしました」

彼女は優しげに微笑む。

「格好良かったわ。アルディア」

「ありがとうございます」

「貴方の実力は、きっと彼女に認められたわ。そして、あの場にいたルドルフにも同じことが言える」

「そこまで派手な戦いはしていませんが」

「派手さが重要なのではないの。エピカの魔術を受けても立ち続けた。それだけで貴方のタフさが証明されたはずよ」

タフさ……自分が打たれ強いなんて考えたことはない。

「本当は全弾回避したかったのですが、どうしても一撃だけ避けられませんでした」

勝ちは勝ちなのだが、少し納得のいかない勝ちだった。

理想の勝ちは、魔術を全て回避してからの素早い切り返し。

後手に回った上での強烈な反撃が見栄え的にも印象に残せそうだと思っていた。

――予想以上にエピカの地力が高かった。侮っていたのは俺の方だった。

「より一層、精進して参ります」

俺はヴァルトルーネ皇女の前に跪く。

「これ以上強くなるの？」

「はい」

「どうして？」

強くなる理由など一つに決まっている。

「殿下を守るためです」

貪欲に勝ちを追い求めるのは、勝ちたい理由があるからだ。強さも同じ、強くなって何を成したいか。その理由がなければ、腕を磨くことはきっとできない。

俺は強さを追い求め続けられる。

彼女を守るためであれば、なんだってやれるのだ。

6

……負けるべくして負けた。

専属騎士アルディア＝グレーツ。あれは敵に回してはいけない存在だと、試合を振り返りながらしみじみ思う。ルドルフの腕を掴み、私は小走りであの広場を離れていた。

「おい、エピカ。本当にどうしたんだよ！」

——うるさいなぁ。こういう時は空気を読んで黙って連行されていればいいのに。

物分かりの悪い男を見ていると、余計にイライラしてくる。ヴァルトルーネ様の手前、ああして穏やかに終わらせたが、私のプライドはズタズタに切り裂かれた。

——あんな若いのに負けるなんて、屈辱よ！

「黙って付いてきなさい」

「いや、負けて悔しいのは分かるが……」

言いかけたルドルフを渾身（こんしん）の睨（にら）みで威嚇する。身震いする彼は顔を顰（しか）めた。

「んな、怒るなって。幸せが逃げるぞ」

……元の場所からだいぶ離れた。私は彼の手を離し、その場で立ち止まる。彼は私がただ意地になっているのだと思っている。けれども、それだけじゃない。

「はぁ、気持ちは分かるが、もっと大人の振る舞いをだな」

「……分かってないのは、貴方の方よ。ルドルフ」

「あ？　なんのことだ」

――この男、まさか本気で気付いていないの？……呆(あき)れたわ。

仮にも帝国軍騎兵師団を率いる者が、この体たらくで本当に大丈夫かと不安になってくる。私は目の前の馬鹿にも分かるように説明を始めた。

「専属騎士アルディア。あれは相当な食わせ者よ」

それでも、彼は首を傾(かし)げる。

「いやいや、どこがだよ。お前の魔術に耐え抜くくらい強靭(きょうじん)な肉体を持っていて、その後に素早くお前の首を的確に狙い打った。正真正銘の強者って感じだったろ？」

「あのねぇ……その目は節穴なの？　あの戦いの最中、何を見てたの？　審判向いてないわよ」

「んなっ！」

――「んなっ！」じゃないわよ。あの男の危険性を感じられなかったのなら、鈍感過ぎるというものでしょうに。

「アルディア＝グレーツ。一見すると冷静で、専属騎士になるほどの実力があり、戦闘センスも飛び抜けて高い。ヴァルトルーネ様への忠誠心も高く、彼を専属騎士に選んだ彼女は、本当に見る目があると思うわ」

「ベタ褒めじゃねぇか。珍しい」

誉(ほ)めるべき点は多い。

あれだけ強ければ、歴代の専属騎士の中でも、特に優秀であると語り継がれそうなくらいだ。でもやはり、危険であることに変わりはない。

「表面上は、非の打ち所がないくらいに完璧な子だと思うわ」

「表面上はって……お前は何が不満なんだ？」

「……あの子、ちょっと異常なくらいに強いのよ」

「それの何が悪い」

強いこと自体は悪くない。でもあの強さは、多くの経験を積んでいないと修得のできないものだった。あの年齢にしては戦い慣れし過ぎている。あの剣は確実に数千人を超える人間を殺してきたような凶悪さが垣間(かいま)見(み)えた。

「あの若さで私を凌駕(りょうが)するほど戦い慣れているなんて、不自然だと思わない？　それにあの子は、ビックリするくらいヴァルトルーネ様に従順だわ」

「それがどうしたんだよ……」

彼は分かっていない。

強く従順で有能な専属騎士。それを従えたヴァルトルーネ様は、いずれこの国の頂点に君臨する方になる。怪物みたいな専属騎士を飼い慣らせている内はいい。

……でも首輪が外れたらどうなる？

彼はヴァルトルーネ様に従順過ぎる……悪い言い方をすれば、盲目的なくらいに彼女のことを信じ切っている。彼女に何かあれば、あらゆるものを敵に回せる。あの瞳から全て読み取れた。彼は自らの犠牲を恐れることがない。大事なものを守れるのなら手段を選ばないタイプの人間だ。

「あの子は多分、『死ぬ』ということに抵抗を感じていないわ」

大人しそうな顔をして、私以上に我儘で残忍な一面を秘めている。

「結局、専属騎士アルディアは不安定で危うい……と言いたいのか？」

彼の言葉に私は首を横に振る。

「……平時であれば問題ないのよ。ただあの力が暴走した時、私たちの想像が及ばないくらい、大きな厄災が降り注ぐかもしれない。……それが言いたかったのよ」

「厄災？　それって、どういう……」

「ああ、もう！　いちいち聞かないでよ鬱陶しい。話は終わりよ。さっさとどっかに行きなさい！」

「お前が俺を引き連れてきたんだろうが！」

騒ぐルドルフの背中を押し出して、その場を去らせる。彼は渋々という顔で促されるままに、歩いて行ってしまった。

最後は色々と話し過ぎたわ。こんなに冷静さを欠いたのは、かなり久々のことだ。

「コーネリア、いるんでしょう？」

名を呼ぶと死角となっていた場所から、コーネリアはひょっこりと現れる。ルドルフは彼女が近くにいるのを察知していなかった。そのことに少し不満を覚えつつ、私は彼女に視線を向けた。

「貴女の言った通りだったわ……世迷言じゃなかったのね」

「協力する気になりましたか？」

「まあ、最初よりは、ね……」

コーネリアは澄まし顔で、呟く。

「アルディア＝グレーツ。彼は皇女の持つ最大の切り札です。それと同時に大きな爆弾でもある。より慎重な対応をしなければ、いずれ世界の破滅を招くかもしれません」

私にはまだ、分からないことが沢山ある。アルディア＝グレーツという男が、どんな爆弾になり得るのか。

それから目の前の水色髪の女性が……一体何者なのかということ。

「いずれにせよ、まだ様子見の段階かしらね。貴女に協力する理由がまだ薄いわ」

「構いません。最終的には、協力させてみせますから」

きっと現時点で面倒なことに巻き込まれている。

それを自覚しながらも、同時に別の感情が心の奥底から湧き上がっていた。

『――この先、何があるのだろうか？』という探求心にも似た感情だ。

危険であると感じながらも、私はもう手を引くことができない。

私を打ち破った彼の存在が気になって仕方がないのだ。かの専属騎士は、この帝国にどのような影響を及ぼすのか。それが知りたくなってしまった。

コーネリアは満足気な顔で私に背を向けた。

「どこに行くの？」

声をかけると、一瞬だけ足の動きが鈍った。

「報告に。貴女(あなた)の協力を取り付けられそうだと、あの方へ伝えに行くだけです」

「あの方……そう」

以前、彼女に『その人は誰？』と聞いたことがある。

けれど、彼女の纏(まと)う空気が冷えていくのを感じ、踏み込むのを躊躇(ちゅうちょ)した。決して触れてはならない話題であると、その時に察したからだ。

だからその相手は誰か、とは流石(さすが)にもう聞けなかった。

「……失礼します。エピカ様」

「ええ」

彼女はその場から立ち去った。

周囲は静寂に包まれ、ほんの少しだけ肌寒い感じがした。

「……久々に、一人で飲みにでも行こうかしらね」

振り回されるのは趣味じゃない。乱されかけたペースを元に戻そうと、私は目先の娯楽に走ることにした。……大丈夫、まだ時間はある。

「コーネリアとの付き合い方。専属騎士アルディアとの接し方。私が動くことによって、どういう結果を招くか。そんなことは私の知ったことじゃない……」

だから、彼女の望む通りに動くかどうか。

その時は、勝手に選ばせてもらうことにする。

第四章　未来に繋がる踏み台

1

月日は風のように過ぎ去る。俺が帝国に来てからの日々は、想像以上に忙しないものであり、気が付けば二ヶ月もの時間が経過していた。友人たちの鍛練に付き合う日もあれば、ヴァルトルーネ皇女の命令で動く日もある。

雨の日も、風の日も、休む間もないくらいに忙しい。

それでも苦痛を感じた瞬間はない。

『ヴァルトルーネ皇女のために尽力できている』そう思えは、疲れなんてものは感じない。

これまで経験したことがないくらいに、充実した日々が続いていた。

王国暦一二四一年六月。

ヴァルトルーネ皇女率いる特設新鋭軍は、順調に規模を拡大していた。

貴族平民問わず、リツィアレイテを筆頭にした優秀な平民の者たちが、特設新鋭軍の兵士として多く起用された。

ペトラ、アンブロス、スティアーノ、ミア、ファディもその代表例である。

貴族の登用も行っている。

フレーゲルは、王国にいる内通者との橋渡し役に選ばれ、その他にも多くの貴族の子息、令嬢が軍事、内政問わず活躍をしている。選び抜かれた者たちが揃った特設新鋭軍は、きっと素晴らしい戦果を収めることだろう。

――だがこれでも、帝国軍に比べると人数は圧倒的に少ない。

帝国軍の総数が二〇〇万人弱であるのに対し、特設新鋭軍の総数は約三万人。

特設新鋭軍は発足したばかり。今後はさらに大きな組織として成長することが予想される。

特設新鋭軍全体に目を向けながら、すぐ近くに立つ主君に声をかける。

「殿下、戦闘準備が整いました。今すぐにでも出陣可能です。いかが致しますか？」

現在俺たちは、リゲル侯爵領に広がる平原にて、リゲル侯爵軍との全面対決に赴いている。

理由はリゲル侯爵が行った悪事の証拠をファディが集め、それをヴァルトルーネ皇女が皇帝グロードに告発したからである。これにより、特設新鋭軍が戦うための舞台が用意された。

あの時の光景は鮮明に思い出せる。

『事実無根の濡れ衣です！　私はそんなことをしていない！』

リゲル侯爵は悪事への関与を否定したが、ヴァルトルーネ皇女がファディに持たせていた魔道具によって、裏事業の証拠を映像として残すことに成功していた。

『これを見てもまだ、罪を認めないおつもりですか？　潔く罪を認めてください』

彼女の発言に怯(ひる)んだリゲル侯爵は、苦虫を噛(か)み潰したような顔になる。

『わ、私は……そんなもの認めないっ！　それから、お前みたいな小娘が次期皇帝候補なんて認めてやるものか！』

汚い言葉を吐き捨て、逃げ出す彼を追おうとする者はいなかった。

その酷(ひど)く醜い姿をただ眺め、やがて皇帝であるグロードは静かに告げた。

『はぁ……ヴァルトルーネ。リゲル侯爵を討つのだ。お前の手でやつに引導を渡せ』

『仰せのままに。必ず成し遂げてみせましょう』

リゲル侯爵は自領に逃げ帰り、徹底抗戦の構えを見せた。

その結果、特設新鋭軍の初陣は、リゲル侯爵軍との決戦になった。

「アルディア、軍の編制は？」

「はい。我が特設新鋭軍は、敵軍を取り囲むように布陣。殿下が指揮する本軍が中央からじわじわと前線を押し上げ、左翼のリツィアレイテ将軍、そして右翼を担当する俺が後方に回り込み包囲殲滅(せんめつ)。……持久戦に持ち込まれないように、先立ってリツィアレイテ将軍が敵の補給路を分断しております」

「そう、報告ありがとう」

人数は五分五分。兵の質はこちらの方が圧倒的に上。

なにより、ヴァルトルーネ皇女が直々に指揮を取るのだから、勝利はほぼ揺るぎない。

「しっかりと勝ちたいわね……」

単なる勝利では意味がない。

完膚なきまでに敵を叩き、彼女の威光を確固たるものにする。

それこそが、この戦いにおける重要なところだ。

「ミア率いる騎竜兵隊が、付近に潜む伏兵を空中から洗い出しております。奇襲の可能性も限りなくゼロに近付けているので、余程のことがない限り、我々の有利は覆りません」

王国との戦争の前に帝国内の膿を出し切る。リゲル侯爵は間違いなく、帝国の膿そのもの。加えて、彼は反皇女派の貴族でもある。

ヴァルトルーネ皇女が王国との戦いを宣言した時、彼がいると間違いなく邪魔になる。

だから、この機会に彼を消すことができれば、色々と都合がいい。

「殿下、指示をお願い致します」

お膳立てはこれ以上ないほどに行われた。あと必要なのは成果だけだ。

彼女の専属騎士として、獅子奮迅の活躍をしてやろうと意気込む。

特設新鋭軍の面々は、高所に立つ俺とヴァルトルーネ皇女に視線を向けている。

士気も万全、いつでも行けそうな雰囲気だ。

「これより、リゲル侯爵率いる賊軍との戦闘を開始する！　帝国の名誉に泥を塗った愚か者どもを一人残らず討ち取りなさい！　特設新鋭軍、出陣っ！」

彼女の掛け声により、兵たちは空に向かって武器を掲げる。

「うおおおおぉぉぉぉぉぉっ！！！」

周辺を圧倒するような兵たちの歓声を聞き、彼女は俺に視線を向ける。

「アルディア。貴方(あなた)の活躍を期待しているわ。必ずリゲル侯爵を捕らえなさい。そして、これまでの悪事に対する報いを受けさせるのよ」

俺は地面に膝を突き、彼女に頭を下げる。

「お任せください。必ずや逆賊共を退け、リゲル侯爵を殿下の御前にお連れ致します」

俺が帝国に来てから、最初の戦いが幕を開けた。

2

「リツィアレイテ将軍っ！　本軍から進軍せよとの通告がありました」

伝令兵からの指示が入る。

ぴりついた空気が漂い、兵たちの顔は一気に引き締まったものになる。

――ついにですね。特設新鋭軍の初陣。そして私に与えられた初めての晴れ舞台。決して失敗は許されないわ。

「総員、予定通り敵軍の退路を塞ぎなさい。補給線を奪われないように細心の注意を払いつつ、遊撃によって敵将を討ち取りなさい！」

私の指揮する左翼軍の主な任務は、本軍が実力を発揮できるように援護をすること。余計な奮戦を相手にさせないために、戦場を攪乱する役割がある。

そして騎竜兵たちの活躍が、この戦いの鍵を握るのだ。

「ミア。索敵は地上の者たちに任せて、貴女の隊は市街地上空に位置取りなさい」

「は～い。分っかりました～。んじゃ、スティアーノ、あとよろしくね！」

「はっ、ちょっ……はぁ……なんで俺が。おいお前ら、さっさと行って全部炙り出すぞ！」

軽々しい口調のミアは、のほほんとした顔でその他の騎竜兵たちを率いる。

態度が砕け過ぎていて少し心配ではあるが、実力は保証できる。

敵部隊への牽制は、彼女に任せて問題ないでしょう。

そして索敵を引き継いだのは、スティアーノ率いる歩兵隊。森林の中に潜んでいる敵との相性が特に良いというわけではないけれど、注意を引いてくれればそれで十分。

「スティアーノ、任せましたよ」

「任せてください。索敵は俺の得意分野なんで！」

「そういうことなら、吉報を楽しみにしていますよ」

「はは……できるだけ頑張ります」

……彼は時々適当なことを言う癖がありますが、戦いに向ける熱意は誰よりもある。索敵が得意というのは、恐らく嘘でしょうけど、与えられた役割はきっとこなしてくれるはずです。

それぞれが動き出し、私は補給線の分断を維持する隊の見回りを行う。

「いいですか。敵兵が多くとも、落ち着いて対処するのです。情報共有はこまめに行っているので、負荷の大きい場所には増援が必ず駆け付けます。前線を上げるのも重要ですが、できるだけ死人が出ない立ち回りを心がけなさい」

兵たちは頷き、皆真剣な顔で動き始める。

『次の隊に指示を出そう』そう思い騎竜に跨ったところで、再び伝令兵がこちらに駆けてきた。息が上がっているのを見るに、相当急いだようだ。

「何事ですか？」

「リツィアレイテ将軍。アルディア殿からの伝言を預かっております」

「伝言？」

「はい、伝言です！」

アルディア＝グレーツ。私をヴァルトルーネ様と引き合わせてくれた恩人。

そして彼は、ヴァルトルーネ様の専属騎士でもある。

私は頷き、話の続きを促した。

「それで、伝言の内容は？」

「はい、読み上げます。リツィアレイテ将軍へ。貴女と共に戦えて光栄です。必ず勝利を掴みましょう……とのことです」

緊急の内容ではなかった。けれども、彼がこんな風に私を鼓舞してくれたことが驚きであり、とても嬉しかった。短い言葉だけど、私に期待を込めての一言。

私がヴァルトルーネ様と初めて会った時も、彼は私のことを高く評価してくれた。

『彼女は、指揮官に相応しい人物であると思います』

アルディア殿がそう言ってくれた時のことを思い出す。自然と頬が緩んだ。

「リ、リツィアレイテ将軍？」

「んんっ、なんでもありません！」

「そうですか……」

——いけないわ。こんな時に彼の言葉を思い出して喜んでいるなんて。気を引き締めていかなければ。

伝令兵に対して私は軽く会釈をした。

「ありがとうございます。伝言は確かに受け取りました。彼によろしく伝えてください」

「はっ！」

いつも以上に真面目な顔で、クールな振る舞いを心掛けた。

——今の私は普段通りに振る舞えているだろうか。

緩んでしまいそうな顔を必死に引き締めて、普段通りの真面目な『リツィアレイテ』を演じる。内心では喜びを大々的に表したかったが、一軍の将としてそのような軽率な行動はできない。

「はぁ……」

──この戦いが終わったら、彼を誘って飲みにでも行こうかしら？

そんなことを考えつつ、私は気合を入れ直し、騎竜と共に飛び立った。

ここまで期待されている以上、絶対に大きな戦果を上げなければなりません。

──これはもう、戦勝は必須事項です！

3

風が吹き抜ける平原に集う兵士たち。

鎧（よろい）がぶつかり合う音以外に、物音はない。

彼らは静かに、攻め時を待っていた。

「アルディア、本軍が動き出したわ。こっちの用意も万全よ」

「うむ、我らが重装兵隊も準備万全だ」

魔導兵隊を率いるのは、部隊の先頭に悠然と立つペトラ。そして相手を市街地の奥へと押し込む役割を担うのは、アンブロス率いる鉄壁の守備を武器とする重装兵隊だ。

──準備は整った。

「そろそろ始めるか」

兵たちに向けて、俺は視線を一周させる。

それぞれの隊は既に戦闘準備万全。機を窺いつつ、本軍が敵軍と衝突した瞬間に俺たちも進軍を開始する算段である。

「二人とも、指揮を頼む」

声をかけると、ペトラとアンブロスは同時に頷いた。特設新鋭軍の正装を身に纏った二人は、もう士官学校の生徒などではない。

戦場に立つ一人前の兵士だった。

「任せなさい。通路という通路を焼き尽くして、言われた通りに退路は全部塞いであげるわ。魔術の恐ろしさを相手に植え付けてやる！」

「我らが重装兵隊は守護の要ともなれる。後方部隊には傷一つ付けさせやしないさ。だからアルディア。怪我の心配などせず、安心して戦え！」

——頼もしいな。

「ああ、二人がいてくれれば、俺は全力で戦える」

「当り前よ！」

「任せろ！」

二人の優秀な友人が共に戦ってくれるのだ。

ここで敵軍に押し負けたりしたら、ヴァルトルーネ皇女に合わせる顔がない。

俺が指揮する右翼軍は、本軍と左翼軍より人数が少ない。

総力戦に持ち込むことを避けるため、敵の動きを観察しながら、相手の弱点を突くような戦い方が必要になる。

「こちら側の人数が少ないと悟られないように立ち回ってくれ。敵軍の大部分がこちらに向かってきたら、多くの犠牲が出るかもしれない」

もし敵の攻勢が激しくなったとしても、無理矢理敵軍を弾き返す気ではいるが……被害は最小限に抑えたい。そして俺一人では、守れる人員に限界がある。

だからこそ、二人の指揮する部隊に善戦を期待したい。

「なら私たち魔導兵隊が、しっかり火力を出さなきゃいけないわね！」

「ああ」

この戦いにおいて、ペトラの魔導兵隊がどれだけ存在感を示せるかが重要になってくる。

魔力切れの可能性を考慮して、魔力回復薬は多めに用意したつもりだ。

「俺たちはこの戦いで必ず勝利を挙げなければならない。特設新鋭軍の初陣だ。華々しく飾るぞ！」

リゲル侯爵は急ぎ自領に立て籠もったため、まともな兵力を集められていない。市民の大半も避難させず、保身に走っただけの彼では、こちらの軍勢を退けられるわけがない。

「アルディア！　本軍が攻撃を始めたわ」

ペトラの声に俺は深く息を吸った。

「よし……右翼軍も進軍を開始せよ！」

号令に従い、アンブロス率いる重装兵隊が続々と市街地に向けて歩き出す。ゆっくりとした進軍であるが、急ぐ必要はない。

敵兵が敗走してくるまでは、まだ時間がかかるだろう。

退路を塞ぐためにペトラの魔導兵隊も魔術詠唱を開始している。俺が率いる騎兵隊は周辺に展開して、広範囲をカバーできるように移動を開始する。

――本軍はやはり優勢だな。ヴァルトルーネ皇女が戦闘を行わずとも、押し負ける様子は全くない。

リツィアレイテの指揮する左翼側へも視線を向ける。

あちらも順調に任務を遂行している。敵の補給線を的確に断ち、逃げ道も全て封鎖している。

騎竜兵隊による度重なる急襲も見えた。

リゲル侯爵の軍は準備不足により、騎竜兵の数が圧倒的に少ない。

制空権はこちらが掌握しているため、一方的にやりたい放題である。

「敵軍がこちらにも来たぞ！」

アンブロスの大声が右翼軍全体に響き渡る。

「アルディア卿、数はそこまで多くありません」

「そうだな……」

「騎兵隊で突撃しますか？」

「いや……ここは魔導兵隊に任せよう」

こちらを迎え撃とうとする敵兵が、市街地の入り口付近で待ち構えている。

一点を狭く固く守っているのであれば、魔術で一掃するのが効果的だ。

「ペトラ。魔術を頼む！」

「………総員放てっ！」

ペトラの合図と共に、複数の火球が市街地に放たれる。

敵兵は燃え盛り、次々に倒れていく。

「やったわ！」

「敵の数が減ったし、市街地の入り口を奪取できそうですね！」

兵たちは武器を天に掲げ、魔導兵隊の活躍に大喜びだ。

――あの出入り口はキープしておきたいな。

俺は騎兵隊に合図を出し、最低限索敵する者を残して突撃の用意を整える。

「アンブロス。騎兵隊であの通路を取りに行く。適当に薙ぎ倒すから、残党兵は任せたぞ！」

「ああ、任せておけ」

騎兵隊はそのまま平原を走り、火に包まれる敵兵の下へと突き進む。

無数の弓矢がこちらに飛んでくるが、闇雲な攻撃が当たるわけがない。

「怯むな！　意地を見せろ！」

「うぉぉぉぉぉ……っ！」

敵兵を薙ぎ倒しながら、騎兵隊は道を切り拓く。

激しい戦闘音がけたたましく響き渡った。

4

攻防戦というには、あまりに一方的な戦いだった。

無防備に斬られる敵兵は、恐怖に震えながら命を散らす。

「に、逃げろっ！」

「もう、終わりだ。ここはもう守れないぞ！」

「ふざけんな、ここを突破されたら俺たちは終わっ……タハッ……！」

容赦などない。敵兵の首を次々と切り落とし、ひたすら前に進む。

「構わず前進せよ。敵将の首は近いぞ」

「はっ！」

敵は討つのみ、情けなど必要ない。

一心不乱に振るう剣は、肉を切り裂き、骨を断つ。恐怖に染まる敵兵の顔を見ながら、
俺は次々と敵を斬る。小規模な騎兵隊で乗り込んでみたものの、練度の違いからか……苦

戦はしなかった。

「アルディア殿、突き当たりの通路まで掌握しました。即席で陣を構築しますか？」

「ああ、重装兵隊が到着するまで取り返されたくない。できるだけ広く陣を張り、防衛が難しいようなら範囲を狭めて、厚く深く陣を張ってくれ」

「はっ！」

指示出しを終えると、騎兵隊は黙々と陣を形成し始める。

その間にも、遠方から魔導兵隊が火球を市街地に撃ち込んでいた。この分なら、敵はこちらに割く戦力を確保できないはずだ。相手は魔術によって引き起こされた火災の対応で手一杯だろう。

「持ち堪(こた)えろ。侵入を許すな！」

「我が軍の名声を世に轟(とどろ)かせるぞぉー！」

騎兵隊は縦横無尽に動き回り、通路を取り返そうとする敵兵をことごとく斬り倒す。

やがて敵の勢いも落ち着き、ほぼ確実に周辺を制圧した頃。

「アルディア、待たせたか？」

「いや、いいタイミングだ。騎兵隊は陣の形成を重装兵隊に引き継げ、隊列を整え、次は市街地内部に入り込む」

アンブロス率いる重装兵隊が到着。

これにより、市街地の一部を右翼軍が完全に制圧した。

ペトラの魔導兵隊も前線を押し上げ、市街地のより内部への攻撃を開始する。

「撃ち続けて、敵に休む隙を与えてはならないわ！」

鬼だと思った……いや、そんなことを言ったら、俺も大概か。振り続けた黒い直剣には、敵の血がべっとりと付着していた。

「アンブロス、引き続き魔術兵隊を守りつつ前線を上げてくれ。先に行って内部を荒らしてくる」

「了解した」

彼は王国軍の守備隊長を務められるほどの男、この場を任せても問題ないだろう。

「そっちの様子も逐次確認させる。危なくなったら、すぐに呼んでくれ」

俺は騎兵隊の先頭に躍り出る。

「いいか？　絶対に止まるな。駆け抜けろ。常に動きながら武器を振るえ！　訓練通りにやれば、迅速な陣地占領が可能になる」

この短期間で叩き込んだ戦い方を再度伝える。

馬に跨る騎兵隊の者たちはコクリと頷き、剣、槍、斧などそれぞれの武器を構えた。

「アルディア殿、突撃隊形整いました。いつでも行けます！」

騎兵隊の一人がそう告げた。それから俺は、深く息を吸い込む。

「騎兵隊、突撃……っ！」

慌ただしく鳴り響く蹄鉄の音。小規模な地震のように地面が揺れる。

「敵襲！」

「おい、もう入ってきやがったぞ！　押し戻せ」

——今更遅い。馬で駆ける騎兵隊の勢いを止めることは簡単じゃない。

「敵は残らず討ち取れ！」

「はっ！」

「突撃します！」

「前へ進めー！」

強引な突撃だったが、相手は対応に苦しんでいる。

崩壊する敵陣をただ荒らし回る。

「終わり次第、次のポイントに攻勢を仕掛けろ」

「はっ！」

リゲル侯爵軍の敗北はもうすぐだ。

敵軍は崩壊し始め、市街地への進行は順調に進む。真っ赤に染まった死骸の山を尻目に、先に待つ敵兵へと剣を向けた。

5

急いた気分は、収まるところを知らない。

――何故こんなことになった？

周囲を取り囲む皇女の軍を眺めながら、放心状態が続いていた。

私はガング＝フォン＝リゲル。リゲル侯爵家の当主として、帝国内で高い発言権を持っていた。平民からたっぷりと金銭を搾り上げる裏事業も軌道に乗り、まさに順風満帆。

……そんな矢先のことだった。

「リゲル侯爵！　皇女の軍勢が進軍を開始しました。衝突は避けられないかと」

――くそっ、おのれ小娘が。この私を陥れおって！　絶対に許さん！

「さっさと迎え撃て！　私に歯向かう者は皆殺しにせよ！」

「はっ……！」

その場を慌てて去りゆく兵士を眺めながら、どっかりとソファに腰掛ける。

まあ、いいだろう……幸い市街地は道が入り組んでいる。この場所に敵軍が辿り着くには、それなりに時間がかかるだろう。兵たちには正面の敵を相手させつつ、危なくなったら彼らを囮にして、敵のいない反対側から逃げればいい。

――くくっ、そう簡単にやられてたまるものか。浅慮な小娘の小さい脳みそをこねくり回したところで、所詮は子供。歳上を敬うことの大切さをその身に刻み込んでやる。

「今に見てろよ小娘。お前らの軍を粉々に叩き潰した後、死よりも辛いことをその身に味わわせてやる。ふふっ、思えばあの皇女、かなりの美人であるし、犯したらどんな顔をするんだろうな……」

――この私を怒らせたことを後悔させてやる！

「リゲル侯爵、大変です！」

妄想を膨らませていると、再び兵士の一人が慌てて声をかけてきた。

「今度はなんだ！　私は今色々と考えているのだ」

「し、しかし……至急お伝えしなければいけないことが」

――全く、なんなのだ！

折角、あの生意気な皇女の乱れ堕ちる光景を想像していたというのに。

気分は悪くなったが、そのまま兵士の声に耳を貸す。

「……はぁ、言ってみろ」

「その……大変言いにくいのですが」

「もったいぶるでない！　私に時間を取らせるな！」

怒鳴れば、兵士はやや視線を下げる。

「実は、皇女の軍を背後から攻撃するため、近くの森林に待機させていた奇襲部隊が……全滅致しました」

「…………は？　今、なんと言った？」

――奇襲部隊が全滅？

あり得ないことだ。あやつらは、領内でも特に精鋭を揃えた奇襲部隊だ。育成のために潤沢に資金も投入してきた。そんじゃそこらの雑兵とは訳が違う。

耳を疑うような話だった。

「貴様……冗談を聞いている暇など、私にはないのだぞ」

ドスの利いた声で兵士に畳みかければ、その兵士は一歩後退る。

「し、しかし……奇襲部隊との連絡が途絶え、確認の者が向かいました。そして、彼らの全滅を確認したと」

「その兵士が見間違えたのではないのか？」

「いえ、そんなはずは……もしそうなら、断言するはずがありません！」

——まさか本当に奇襲部隊が全滅したというのか。

何故だ……彼らを見つけ出すのは簡単ではない。となれば、事前に居場所がバレていた可能性が高い。

「……っ、何故だ」

——どこから森林に奇襲部隊がいるという情報が漏れたのだ？

「リゲル侯爵っ、我が軍が押されております。こちら側の騎竜兵は、早々に狙われて全滅。空中は完全に支配されてしまいました。このままでは、この場所に敵軍が押し寄せてくるのも時間の問題かと」

「——っ!?」

「ご指示を、早急な対策を立てなくてはなりませぬ！」

頭の中がごちゃごちゃと散らかっているようだ。

——何故どれも、上手くいかないのだ。

まるで全て先読みされているかのようで、気分が悪い。

状況を打開しなくては、この領地共々破滅するのは目に見えている。

「……撤退か。いや……時間すら稼げるか分からん」

すぐに逃げなければならないのに、敵に囲まれているから安易に動けない。

——いや待て。よく考えれば、切り札があるではないか。

アレを前線に送れば、この戦況に大きな波風を立てられる。並の兵士であれば、あの男に皆殺しにされる。たとえ強者が揃っていようとも、無事では済まないはず。

——少しくらい苦しませてからでないと、スッキリしないからな。

存分にあの怪物を暴れさせてやろうではないか。

「おい、そこの」

「なんでしょう」

「ノートを呼べ。すぐに出陣させる」

「ノ、ノート殿ですか!?　しかし……あの方は」

この際、なりふり構っている暇などない。

「牢から出せ。武功を立てれば、刑罰を全て免除するとも伝えろ！　行け、今すぐだ！」

「りょ、了解しましたっ！」

ノートは、薬物の密輸に関与していた罪で、地下牢に幽閉されていた。

腕っ節だけは一級品の歩く怪物。本能だけで暴れ回るアレを、止められる者が向こうにはいるだろうか。

――ふふっ、馬鹿な皇女だ。我が領地に潜む怪物の存在を知らないのだろう。

「ふふっ、ふはははは っ！　皇女諸共皆殺しだ！」

私を怒らせたことを後悔しながら、死ねばいい。

最後に勝つのはこの私だ！

6

市街地での戦いは順調に進んでいた。

魔導兵たちの援護射撃は、敵兵に甚大な被害を与え、流れは確実にこちら側にあった。

「アルディア殿、周辺一帯の敵兵は掃討しました。重装兵隊並びに魔導兵隊も制圧地域を拡大中とのこと。順調ですね！」

「…………」

「えっと、アルディア殿？」

「ああ……報告ご苦労」

意識を集中し過ぎて兵士の言葉に反応できなかった。

――今の殺気と圧力はなんだ？

不快な空気が背筋をなぞるように流れる。

戦場の空気は元々重かったが、それ以上に胸を刺すような鋭い圧迫感を覚えた。

「……殿下とリツィアレイテ将軍に伝令を頼めるか？」

「はい、もちろん大丈夫ですけど」

「二人に『毛色の違うような敵が見えたら注意してくれ』と伝えて欲しい」

「分かりました。必ずお伝えします！」

――考え過ぎなら、それに越したことはない。

しかし、胸騒ぎは確かにあった。このまま終わるわけがないと、感じてしまう。


「敵軍の撤退を確認」

「追撃はどうしましょうか？」

嫌な気配を感じてから、それなりの時間が経過した。

相変わらず戦況は良好に進んでいる。だが、不安は増すばかりだ。

「あまり深追いはするな。ここからは慎重に進む」

本当に息が詰まる。

――他の兵たちも、戦場に漂う違和感に気付き始めていた。

「それにしても、なんだか敵兵が減ってきている気がしますね……」

一人がそんなことを呟くと、他の者も顔を見合わせる。

「確かに……集団で挑んでくる敵が少な過ぎる」

「取り残された兵士が、単独で突っ込んでくるくらいしかなくなってきたしな」

「こちらの本軍はまだ戦っているのに……右翼側に戦力を割かなくなったということでしょうか？」

「んなわけあるか。こっちが押されたら向こうの軍も相当厳しくなるはずだぞ」

「変、ですよね……」

彼らの言う通り、敵の攻勢は不気味なくらいに大人しい。

「派遣できる人がいないだけなんじゃないか？」

「楽観視し過ぎだろ。油断してると痛い目に遭うぞ……そうですよね、アルディア卿！」

空気の緩みを解消するため、冷たい視線を兵たちに向ける。

「……気を引き締めていけよ」

「はっ……！」

敵戦力は、まだまだ余力を残しているはずだ。

周辺一帯を一掃したとはいえ、この場所を取り返しにくる兵士がいないというのは、やっぱり引っかかる。

「……部隊の半数は索敵に移れ」

何かとんでもないことが起きる前兆かもしれない。

「重装兵隊と魔導兵隊には、左翼軍と合流するように伝えてくれ。味方が分断されているとよくない気がする」

「分かりました」

右翼側の敵はほぼ殲滅（せんめつ）し切った。

敵の増援がないことを考えると、他所（よそ）に負担が増えていると考えられる。

本軍への攻勢が強まる分には、ある程度余裕を持って対処できるはずだが、左翼側に敵の攻勢が寄り過ぎた場合、リツィアレイテが危ない。

「ぐあぁっ……！」

「――――っ！」

馬で駆けながら、騎兵隊の者と会話を続けていると、突然目の前を走っていた騎兵の一人が空中に吹き飛んだ。それも尋常じゃないほどに空高く。

「敵襲、場所は中央噴水広場です！」

「敵影は？」

「確認までです！」

俺たち騎兵隊は、都市のほぼ中央部分にまで侵入していた。

「敵兵を多数確認……どうやら、この場所に戦力を集中させていたようです」

ある程度こちらの進軍を許容し、有利な場所での戦闘に持ち込んだということか。

「アルディア殿、恐らく……あれが敵将かと」

加えて、騎兵を吹き飛ばしたであろう敵将の姿も確認できた。

ここまで攻め込めば、敵軍にいる強者が現れたっておかしくはない。警戒はしていたつもりだったが、いざ接敵すると緊張感が急激に増してくる。

「ぐぅ…………っ」

「あれか……俺たちの仲間を殺し回っているやつは」

——あれがこの戦いで最も警戒すべき敵であると、瞬時に悟った。

大柄な男は長い棍棒をぐるぐる振り回して、唸り声を上げていた。周囲の敵兵も、その大男とは一定の距離を置いており、近付くことすら危険であると瞬時に理解した。

——なるほど、あれは一般の兵には荷が重いな。

「総員。やつの攻撃を回避しつつ、周囲の敵を一掃せよ。……あの怪物は、俺が討つ！」

専属騎士として、それくらいの責任は負わなければならない。

あの方に忠誠を誓ってから、俺は常勝不敗を約束した。

勝ち続け、彼女の進む道筋を作り出す。

「怯えているやつはいるか？」

兵たちは強気に笑う。

「今更、怖いものなどありませんよ」

「そうです。ここまで来たら、一人でも多くの敵を討つだけです！」

「さっさと勝って帰りましょう」

騎兵隊には誰一人として、あの大男に恐怖を抱いている者はいなかった。

「……よし、行くぞ！」

ここで目の前の敵を討ち倒し、敵軍を完全に潰す。

「総員！　攻撃開始……っ！」

7

嫌な胸騒ぎがした。

戦況は良好なのに……不安が増すのはどうしてなのだろうか。

波乱の兆しであるかのように、遠くの空では灰色じみた雲がこちらに迫っていた。

――アルディア、リツィアレイテ、みんな……どうか無事でいて。

祈るように願い、私はそのまま空に視線を向ける。

「ファディ、相手の動きはどんな感じかしら？」

「特に変わった動きはありません。全て順調です」

「そう……余計なことを聞いたわね。ごめんなさい」

「いえ」

あらゆることが順調に進んでいる。何も悪いことなんて起きていない。

「殿下、何か気になることでも？」

フレーゲルは、顔色を変えないまま静かに尋ねてくる。

「いいえ。ただ、少しだけ不安になったの。こんなに順調に進んで、本当にこのまま終わるのかって……思っただけ」

「……そうでしたか」

追い詰められた敵が、私たちに一矢報いようとしているのではないかと感じてしまう。

「皇女殿下、アルディア卿からのお言葉を預かっております」

「――――っ！」

進み続ける自軍をじっと観察していると、右翼側から兵が駆けてきた。

――アルディアからの報せだわ。

「内容は何かしら？」

「はっ、『毛色の違うような敵が見えたら注意してくれ』とのことです。どうやら、アルディア卿は、何かを感じ取ったみたいでして」

「なるほど……報告ご苦労様」

「いえ、ではこれで失礼します」

――アルディアがわざわざ兵を遣わせてまで、注意喚起を行った。

悪い予感は気のせいではないのかもしれない。

「フレーゲル、急ぎ他軍との情報共有を。何かあればすぐに知らせて」

「はっ！」

駆け出すフレーゲルの後ろ姿を見ながら、残ったファディに視線を向ける。

「貴方はどう思う？」

彼は暫く考え込んだ後、思い出したかのようにポツリと呟く。

「……もしかしたら、地下の怪物を解き放ったのかもしれません」

地下の怪物……噂に聞いたことがある。

リゲル侯爵領の地下牢に囚われた凶暴な傭兵。

兵士数十人を軽々吹き飛ばすほどの剛腕の持ち主で、過去には多くの人がその怪物に殺されたとか。リゲル侯爵が不利な戦況を打開するために、その怪物を牢の外に解き放ったとしてもなんら不思議ではない。

「地下の怪物はどれほどの強さなのかしら？」

「正確には分かりませんが……アルディア卿か、リツィアレイテ将軍に匹敵する強さかもしれません」

「そんなに……！」

二度の人生で、私の選んだ専属騎士二人しか対抗できないと。

「二人が怪物と戦ったとして、勝率はどれくらいだと思う？」

「それは本当に分かりません。相手の実力が未知数である以上、あの方々が勝てる……なんて言い切れませんから」

ファディは二人が、どれほどの強者かを知っている。

特設新鋭軍兵たちと比較しても、あの二人は別格だ。それを前提とした上で彼は分からないと告げた。

そんな強敵がこの地に潜んでいるなんて、想定外だ。

不安はある……でも、私は信じている。

「どんな強敵が出てきたとしても、アルディアは——絶対に勝つわ」

「何故そう思うのですか？」

明確な理由はない。それでも、一つだけ言えるとするならば、

「私が彼を信じているからよ」

「アルディア卿のことをですか？」

「ええ。だって彼は私の専属騎士だもの」

皇女として、私は彼の勝利を誰よりも信じ、願っている。

それに……彼は言った。

『貴女のためだけの剣となり盾となりましょう』と。

私の剣は折れてはならない。

私の盾は破られてはならない。

私の専属騎士は——私の命が尽きるまで、死んではならない。

だから、アルディアが勝つのは当然のこと。

そうでなければ、私の覇道は成立しない。

彼は絶対に約束を守ってくれる。地下牢に囚われていた私に、あそこまで真摯に接してくれた彼が、嘘を吐くはずがない。

「アルディアなら、きっと大丈夫。彼より強い人を私は見たことないもの」

「……そう、ですか」

「疑わしいかしら？」

「いえ、アルディア卿の実力は、俺も信じています。何より、ヴァルトルーネ様のお言葉を疑うことなどありません」

「ふふっ、ありがとう」

『信じている』と言ったものの、彼は不安そうな表情だ。

――まあ、信じ切るのは難しいわよね。

アルディアの勝利を、誰よりも確信しているのは私だろう。それは彼が専属騎士だからという理由だけではない。

過去に彼の戦う姿を見たからこその信頼。

『王国軍最強の騎士』……誰よりも強い彼だからこそ、私は勝利を信じられる。

「……帝国軍全体を大いに苦しめ、魔王と呼ばれた彼が負けるなんて、あり得ないものね」

誰にも聞こえないくらいの小声で私は呟いた。

……帝国にとっての災厄とも言われた彼の真価は、この一戦程度で折れるほど弱いものじゃない。

彼は必ず勝利を手にし、生きて私の下へと帰ってくる。

——そうよね。アルディア。

8

服を掠めかすめる攻撃が、凄すさまじい勢いで地面を抉えぐる。

大男の顔に疲れの色はなく、立て続けの攻撃は速度を落とすことなく、矢継ぎ早に行われた。

「ふんっ！」

——危ないな。直撃していたら首が吹き飛んでいた。

「コロス！　コロス……ッ！」

棍棒を振り回す大男。

市街地の地面に敷き詰められた石畳は、大男によって削られる。

一撃の重さを意識してから、俺は深く踏み込めずにいた。

大振りで隙が大きい。懐に潜り込めればすぐに決着がつく。そう考えていた時の自分を呪ってやりたい。実際は攻撃範囲がかなり広く、安易に近付くことは大怪我に繋がる。

「隙が全然ないな……」

過去にも、こんなに強いやつとは数えるほどしか戦っていない。

死をも恐れぬバーサーカー。かつての自分と少なからず重なる部分がある。恐怖心がないというのは、ある意味無敵。常人なら無意識のうちに、制限してしまうような動きも自然に取れる。

「これを殺さなければ、進めない……のか」

気が重い……理由は相手の力量が高いこと以外にもある。

「ふんっ！」

「くっ……！」

俺はこの大男と、過去に一度も戦ったことがない。

動きの癖や弱点などは、時間をかけなければ見つけることができない。そして強敵であればあるほど、弱点というものは見つけにくくなる。

「ぐふっ、俺、お前、殺す。自由になるっ！」

棍棒の横薙ぎが風を切りつつ迫る。

寸前で回避するものの、頭髪の先っぽが、ほんの少しだけ持っていかれるのを感じた。

「ふ……強い、何者？」

「俺はアルディア＝グレーツ。殿下の専属騎士だ。お前たち逆賊を討つため、ここに来た」

「なる、ほど。……俺、お前殺せば、全部完璧っ！」

この大男を生かしておけば、軍の大損害は免れない。

「悪いが、ここがお前の死に場所だ」

「いい、その言葉気に入った！」

大男が地面を大きく踏み付ける。地面には亀裂が生じ、周辺は大きく揺れる。

「ふんがぁぅ……！」

「くっ！」

——そう簡単に殺されてたまるか。

俺はヴァルトルーネ皇女のために戦い続けると誓った。

彼女と最期の時まで歩み続ける。だから俺の死に場所は、ここじゃない！

「ぐぉぉぉぉぉっ！」

人とは思えないほどの咆哮（ほうこう）を上げ、大男は棍棒（こんぼう）片手に走り込んでくる。

まともに戦えば、俺の剣が折れる。

伝わる衝撃を剣で受け流し、棍棒の軌道を変える。剣と棍棒の交わった箇所からは火花が散り、そこにかかる負荷の大きさを示していた。

一撃を受け流し、二撃三撃と続く攻撃は素早く動いて回避する。

——このまま防戦一方が続くと状況は好転しない。

「ふん……！　うがぁ！」

このまま戦闘が長引くと、リゲル侯爵に逃げられてしまうかもしれない。周辺の味方は大半の敵を排除したようだが、こちらの加勢には呼べない。

この大男と相対すれば、彼らに大きな被害が及ぶ。

――ここは早めに決めなければ！

「はぁ……！」

振り抜いた剣は、大男の頬を掠めるが、深くまでは届かない。

心の乱れは、剣筋の乱れに繋がる。

時間を気にしているからか、確実な一手が打てない。すぐそこに敵の胴体があるというのに、剣がそこまでに至らない。

「アルディア殿、我々も加勢します！」

「――来るな！　お前らの手に負えるような相手じゃない」

「しかしっ……！」

「周辺からの横槍を入れさせないでくれ。俺がこの男に集中できるように――！」

彼らを死なせたくはない。彼らは今後の戦いにおいて、必要な戦力だ。

「ぐふぅ……お前、一人。仲間いる……でも一人、俺に勝てない！」

「ちっ……！」

相手の方が有利な間合い。その距離は酷く遠いもののように感じてしまう。

──何か策はないのか？

汗が額を伝い、地面に落ちる。

打開策が思い浮かばない。手詰まり状態……そんな時だった。

「はあっ！」

「────！」

「まだ終わりじゃ、ありません！　せやっ……！」

見覚えのある槍が大男の棍棒を突いた。連撃が重なり、大男はよろける。

長く艶やかな茶髪が視線の先で揺れた。

「アルディア殿！」

──ああ、来てくれたのか。

「リツィアレイテ、将軍……」

絶望感は簡単に拭われた。

颯爽と現れたリツィアレイテは、大男を圧倒するような鋭い槍捌きを見せる。

──俺の瞳に、勝利の糸口がはっきりと映った。

「敵……増えた？　女なのに、強い」

──彼女との共闘が、こんなに早く叶ってしまうとは思わなかった。

彼女は俺が苦戦していることを察知して、助けに来てくれた。

「ありがとうございます。リツィアレイテ将軍」

「いえ、戦いは数という言葉もあります。一人では難しくとも、二人でなら――必ず目の前の強敵にも打ち勝てるはずです」

彼女がそんなことを言うとは思わなかった。

一騎討ちとか正々堂々とした戦い方が好きそうだと、そう思っていた。

暫く黙っていると、彼女は不思議そうに首を傾げた。

「……えっと、なんですか？」

「いえ、戦いは数とか……そういうのは、嫌いだと思っていたので」

「戦場において好きも嫌いもありません。生きるか死ぬか。大事なのはそれだけです」

それもまた、彼女らしい答えだと思った。

彼女は誰よりも、勝利に貪欲なのかもしれない。

「リツィアレイテ将軍の騎竜は疲れていませんか？　中々激しい戦闘があったと思いますが」

「まだまだ元気です。目の前にいる男を屠るくらいの戦いは、こなしてくれるはずですよ」

「それは、頼もしい限りです」

「はい！」

リツィアレイテが愛してやまない騎竜は大きく立ち上がる。

大男よりも大きく、その姿はまさに圧巻の一言。

漆黒の翼を大きく広げ、大男を威嚇するように恐ろしい唸り声を上げる。

「騎竜……肉、美味い！　殺すっ！」

対して大男は、その騎竜に怯えることがない。

逆に瞳が輝いているような……というか、騎竜を食べようなんて、趣味が悪過ぎる。呂律の回らない男の様子を散々観察してきたが、この男……精神状態が明らかに正常ではない。

リツィアレイテも眉を顰め、不快そうな顔をする。

「……話の通じなそうな相手ですね。とにかく、この男は殺す他ないでしょう。生け捕りなんて無理そうですし」

「そのつもりです。リツィアレイテ将軍。援護を頼めますか？　正面から斬る気でいますが、間合いを中々詰められないので」

「お任せください。アルディア殿」

精神に異常をきたしているとしても、敵の実力はかなり高い。

下手な動きをすれば一瞬で首が飛ぶ。リツィアレイテの騎竜がいるから、相手は簡単に距離を詰められなくなった。騎竜に乗り長い槍を扱う彼女の方が、棍棒を持つ大男よりも、広い攻撃範囲を持っているからだ。

「うおぉぉぉぉっ!!」

となれば、相手は迷わず俺を狙ってくる。

馬には乗っておらず、剣は棍棒よりもリーチが短い。

俺の方が倒しやすい相手だと、大男は考えていることだろう。

——けれども……生憎、お前の動きはある程度見切った。

「はぁっ！」

「んぐごっ……！」

男の棍棒は地面にめり込み、俺の蹴りが男の腹部に当たっていた。

剣で軌道を変え、その間に体術を駆使して攻撃する。

——攻撃手段は剣だけじゃないんだよ。

両手は剣で塞がっていても、足は自由に扱える。大男は武器を意識し過ぎたから、体術への対応ができていなかった。

「リツィアレイテ将軍、今です！」

彼女の名を呼ぶと、すぐに槍が、俺の真横を通り過ぎる。

「——覚悟っ！」

「んぐっ!?」

男は冷や汗をかきながらも、彼女の追撃をギリギリで回避した……いや、致命傷は受けなかったというのが正しいか。彼女の槍の刃先は男の腕を擦り、切り傷の箇所からは真っ赤な液体がポタポタと流れ落ちている。

「外しましたか」

「いや、肉を抉っています。相手も無傷ではないでしょう」

距離はまた開き、仕切り直し。

「……………許さない。俺に傷を付けた。殺す、殺すっ！」

弱らせるどころか、逆効果って感じだ。

アドレナリン全開なのか、痛みもあまり感じてなさそうである。

「すみません。仕留め損ねました。次は必ず！」

「いえ、俺も有効打を与えられなかったので」

凶暴化したのは厄介だ。だが、遅かれ早かれこうなっていたはずだ。

黒い直剣を強く握り直し、深く息を吸った。

「行きましょう」

「ええ、一気に決めます！」

彼女も、長引かせるのは得策でないと感じているようで、長槍を前方に構えた。

「俺は右から行きます」

「では、私は左側から」

俺と彼女の騎竜、そして対面に立つ大男はほぼ同時に走り出す。

両者の距離がぐんぐんと近付く。

「そんな、攻撃っ！」

棍棒の攻撃は重いが、耐えられない程ではない。かつてリツィアレイテから受けた攻勢に比べれば、この程度の重圧は大したものじゃない。

「リツィアレイテ将軍！」

「はい、合わせます！」

大男の攻撃を凌(しの)ぎつつ、各々が武器を振り抜いた。

黒い直剣と長槍が大男の前で交差する。

弾(はじ)けるような鉄の音がその場に響き、巻き上がった砂埃(すなぼこり)が視界を奪った。

「——んぐっ!?」

大男の唸る声が、耳に届く。

「はぁはぁ……」

「……っ！」

大男の額からは、ゆっくりと赤い液体が流れていた。

滴り落ちる鮮血と共に、瞳からは段々と輝きが消えてゆく。地面には真っ赤な水溜(みずた)まりができ、大男はズルズルと足を滑らせ、体勢を下げていった。

「……ぐっ……かはっ、ん！」

大男の振り抜いた棍棒は——俺とリツィアレイテに届くことはなかった。

「クルルッ」

彼女の操る騎竜の前足にガッチリと摑(つか)まれていたからだ。

「……何故(なぜ)、何故負け……た？」

大男は痛みを感じた素振りはないものの、力が抜けていくことだけは理解しているようだ。必死に立ち続けようと歯を食いしばっているが、終わりの瞬間が訪れようとしていた。

瞳から、涙のように血が溢れ出る。

「まだ……まだ……」

フラフラと巨体を揺らす大男に向け、俺はポツリと呟く。

「……もう終わりだ。狂騒の猛者よ。お前の戦いはこれで終幕。安らかに眠れ……」

「私からも手向けです。おやすみなさい……」

彼女の槍は大男の心臓部分を貫く。同時に俺の振るった剣も大男の首を薙ぎ落とした。

「……っ！」

絶命は確実。大男が再起することはない。

「ふぅ……これで終わりですね」

安堵の息がリツィアレイテから漏れた。

俺もそれに次いで、肩の力を少しだけ抜く。

これは俺だけの勝利ではない。彼女と二人で摑んだ勝ちである。

――なんとか、終わったな。

もうここまでの猛者はいないと願いたい。

「アルディア殿、お見事です！」

リツィアレイテからの賞賛に、俺は首を横に振った。

「いえ、リツィアレイテ将軍のご助力がなければ、こんなに早く倒すことはできませんでした。ありがとうございます」

「倒せなかった……とは、言わないのですね」

「一人でも勝たなければならない戦いでしたから」

「やはり、アルディア殿はお強い。私の目標とすべきお方です」

「そこまでではありませんよ」

　言葉一つで場の雰囲気が盛り上がってしまった。

　彼女に随分と懐かれたものだ。彼女はあまり話すようなタイプじゃない。

　こんなにも俺に話しかけてくるのは、意外なことだった。

「本軍の方もだいぶ奮戦しているようです。俺たちは先に、邸宅へと向かいましょう」

「はい。いよいよ大詰めですね。初陣の手柄にしては上々！　この調子で進めば、勝利は間違いありません！」

　残る仕事はリゲル侯爵を捕らえ、ヴァルトルーネ皇女の前に連れて行くことだ。

9

——リツィアレイテ将軍の言う通り、戦いは大詰め。

「アルディア殿、周囲の敵兵は無力化致しました。制圧完了です」

「報告ご苦労。騎兵隊は引き続き、中央広場の警護を。本軍の到着を待ちつつ、左翼側の兵たちと協力して、怪我人の手当てを行ってくれ」

「はっ！」

指示出しも終わり、俺とリツィアレイテは、視線を同一の方向に向けた。

中央広場の先——リゲル侯爵はすぐ目の前だ。

「……行きましょうか。リツィアレイテ将軍」

「はい。背中はお任せください」

リゲル侯爵を捕らえ、ヴァルトルーネ皇女の御前に連れて行く。

——彼の罪を裁くのは俺ではなく、彼女だからだ。

目の前を塞ぐ敵兵が見えたが、歩む速度を落とすことはない。

「援護します」

「お願いします」

リツィアレイテと二人。彼女となら、並の兵士の大群になど負けるはずがない。

「敵はたったの二人だ、さっさと殺せ！」

——侮るなよ。その慢心を後悔させてやる。

横に並ぶ彼女と目配せし、彼女を先行させた。

彼女の騎竜は敵兵の目前で止まると、その巨体を見せつけるように持ち上げ、大きく叫ぶ。

「ギャアアアアッ……！」

「ひっ……!?」

敵兵は震え、騎竜(キリユウ)から逃げるように背を向けた。

――騎竜だと分かっていても、戦場において凶暴な姿を前にすれば、誰しもが少なからず恐怖を覚える。

そしてその戸惑いが命取りになる。

俺は騎竜の背後から一気に飛び出した。

「――っ！」

斬り伏せた敵兵の首が宙を飛ぶ。

「はぁ……！」

そのまま近くにいた兵士たちも、同じように薙ぎ払った。

手足、脇腹、胸元、頭頂部、様々な箇所に重傷を負い敵兵は嘆き倒れていく。

「ああ、俺の腕がぁ！」

「目が……何も見えない。助け……ぐぇえっ！」

苦しみの叫びを聞いて、敵兵の顔が一気に青ざめるのを見逃さなかった。

付け込む隙は作り出す。人というものは、必ず動揺を見せる生き物だ。

「はぁっ！」

顔に返り血が付着するが、そんなことを気にしている暇はない。一回、一秒でも速く剣を振る意識を徹底する。無駄な動きを徹底的に排除して、ひたすらに目の前の敵を吹き飛ばす。

「こちらも行きますよ！」

リツィアレイテも槍を振り、敵を吹き飛ばし始めた。

「な、なんだよ……あの二人。あんなの……人間じゃねぇぞ！」

「おい、どうする？　もう抵抗しない方が……」

「馬鹿、あの目を見ろ。許してくれるような顔じゃねぇ！」

「化け物が……」

――人外扱いされるのも、悪くないな。

武人である俺たちからしたら、それは褒め言葉だ。

「リツィアレイテ将軍、このまま押し切りましょう」

「ええ、後方からも続々と援軍が来ています。本軍到着も近いですよ」

俺たちは数十名の敵兵を倒し、活路を開いていた。

死体の山が築かれ、後方からは続々と兵たちが駆けつけてきている。

「アルディア卿、加勢に参りました！」

「押し進め！」

「リツィアレイテ将軍、残りはこの付近の鎮圧のみです！」

流れ込んでくる兵たちは、勇猛果敢に攻め込み戦う。

いよいよ、この戦いにも終止符が打たれる。

「全て薙ぎ倒しましょう！」

振るわれた剣と槍は、多くの血飛沫と断末魔を生み出して、真っ赤な道を作り出す。

金属と金属のぶつかり合う音が響き続ける。魔術による爆発音も、至る所から鳴り響いた。多くの犠牲と、多くの武功を生み出し続け……いつしか、その戦闘は終焉を迎えた。


リゲル侯爵が率いる敵兵たちは、特設新鋭軍の包囲網に締め付けられるように、勢力を縮小させた。俺と彼女が、付近の兵を全て蹴散らしたのとほぼ同時に、敵軍の陣形は崩壊。彼らの多くが戦死し、残された敵兵も降伏を選択し始めた。

「これで、終わり……なのでしょうか？」

「そのはずです」

血塗れの衣装を軽く拭いながら、リツィアレイテは槍先を上に向けた。

「……大変な戦いでしたね」

多くの人間がこの戦いで死んでいった。だが、彼らの犠牲は無駄ではない。

「リツィアレイテ将軍」

俺は、ゆっくりと手を差し出した。

「戦いを終えた兵たちが、こちらの指示を待っています。行きましょう」

「はい！」

彼女は俺の手を取り、兵たちのいる方へと足を進める。

「やったぞ。俺たちの勝ちだ！」

「おいおい、本軍到着までは気を抜くなよ」

「けど、私たちの初陣……大成功だよね！」

「だな！　最高の結果だ！」

各所から、特設新鋭軍の兵たちが歓声を上げている。意気消沈している敵兵は、呆然とした表情のまま武器を捨てていた。

「盛り上がっていますね」

リツィアレイテはその様子を眺めながら、笑みを浮かべる。

「勝ちましたからね。俺たち特設新鋭軍が」

「そうですね。私も勝てて嬉しいです」

これでリツィアレイテの名は、帝国中に知れ渡ることになるだろう。

特設新鋭軍を勝利に導いた将軍として、彼女は華々しいデビューを飾った。

10

慌ただしく、駆け寄ってきた兵が伝えたのは、待ち望んだ吉報だった。

「殿下。アルディア殿、並びにリツィアレイテ将軍の活躍により、リゲル侯爵の身柄が拘束されました」

その通達を聞き、安堵の息が漏れた。

——ああ、良かったわ。

「……他の戦況は？」

「はい。アルディア卿の率いる右翼軍は、敵軍を早々に打ち負かし、付近の治安維持に務めております。リツィアレイテ将軍率いる左翼軍は、部隊を二分割し、半数が後方の兵の援護に向かい、半数が本軍の援護に来てくれました」

本軍の前衛部隊は市街地を一通り網羅している。

——私の出る幕はなかったわね。

後方でただ戦いを眺めていられるなんて、軍の仕上がりは予想以上だった。

「殿下。リゲル侯爵の身柄は、この市街地の中央広場に移されたようです。我々も向かいますか？」

「ええ、後方部隊も前衛部隊同様、市街地に入りましょう。フレーゲル。皇室に対して、戦いに勝利したと伝えてちょうだい……リゲル侯爵の安否は分からないと伝えて、ね？」

最後の一文を強調して伝える。

彼は何か聞き返すでもなく、変わらぬ表情のままに頷(うなず)いた。

「はい。そのように致します」

——理解が早くて助かるわ。

リゲル侯爵の安否を不明にしたのには、理由がある。

彼は私にとって、ただ潰すべき邪魔な存在だった。本来なら然るべき制裁を加えて終わりになる話だが、彼に憎悪する者が私の配下にいる。

「ファディ」

「はっ！」

「約束を果たす時が来たわ。彼の態度次第では……処遇を貴方に一任したいと思うのだけど、引き受けてくれるかしら」

これは確認ではない。協力してくれたファディへの対価だ。

彼は真剣な面持ちで頷いた。

「はい。是非とも私にお任せ頂きたい」

態度次第……とは言ったものの、これはもう決定事項。

あの傲慢なリゲル侯爵が私に許しを請うなんてことはない。あり得たとしても、許すことはない。

ファディを連れ、私は後方部隊を率いて前に進む。彼がこれまで、リゲル侯爵から受けてきた苦しみを私は知らない。だからこそ、リゲル侯爵を罰するのに最も相応しいのは、私ではなく彼だと思う。

「ファディ、今どんな気分？」

「……なんというか、あまり実感がありませんね。まさかこんな早くに、制裁を下せる時が来るなんて、夢にも思いませんでした」

——そういうものなのね。

「でも、もう実現するのよ」

「はい。……ヴァルトルーネ様、感謝を申し上げます」

これは、単に利害が一致したというだけのこと。彼にはこれから私のために、目一杯頑張ってもらうつもりだ。

「気にしなくていいわ」

——変わってしまったわね……私も。

優しさだけでは、全てを救えないと理解した。

時には他者を利用することも、必要だと知った。

それも全て、帝国の未来のために必要なこと。

私の手で誰かの人生を狂わせていることを自覚しながらも、もう引くことはできない。

戦いで死にゆく兵たちは必ずいる。

それが戦争であり、規模にかかわらず、なにより醜いものだと思う。

「慣れないものね。何度経験しても……気分のいいものじゃないわ」

争いは好きじゃないが、やらねばならない時もある。

目を背け続ければ、もっと望まない結末が訪れる。

……悲惨な未来の光景を知っているからこそ、皇女として争いを扇動している。

非道な皇女と罵られても構わない。

それが私に与えられた宿命というのなら、この命が尽きる時まで、非難の全てを受け入れる覚悟があった。

それに……私にはアルディアがいる。

彼はこの先ずっと、私の味方でい続けてくれる。

「アルディア……」

彼が隣にいてくれるだけで、私はどこまでも歩いていける。

望む未来を手にするために、私は私の覇道を進み続ける。

大好きな専属騎士と共に、どこまでも――

11

リゲル侯爵の捕縛は、実に呆気(あっけ)ないものだった。

あの凶暴な大男を倒し、特設新鋭軍が中央広場を占領したという情報が相手方に渡った時点で、勝敗はほぼ決した。

抵抗していた兵士も、勝ち目がないと悟った途端に武器を捨て、大半が降伏。最後まで抵抗を続ける敵兵には、然るべき対処をした。

不要な殺しはしたくなかったが、それは仕方のないこと。

立ち向かってくる彼らの名誉を守るため、真正面から斬り伏せた。

「アルディア殿、周辺一帯を完全掌握致しました」

「報告ご苦労。あとは残党がいないかの確認をしてくれ、降伏勧告も忘れずにな」

「はっ！」

周辺一帯は完全にこちらの支配下。

敵兵もこちらに寝返るなり、リゲル侯爵の身柄を素直に引き渡してくれた。

不要な争いを起こす手間が省けてなによりだ。

「くそぅ、裏切りおって……この役立たず共がぁっ！」

……そしてリゲル侯爵は現在、大声で叫び、暴れている。

自分の置かれた状況が相当危ないというのに、彼は未だに悪態を吐く。とんでもない肝の据わり方だった。

「ヴァルトルーネ様に、リゲル侯爵を捕まえたとの報告が行きました。すぐに到着すると思います」

リツィアレイテは報告を終えると、リゲル侯爵の方に視線を向けた。

それから少しばかり眉を寄せる。

「それで……彼はどうしますか？」

「殿下が到着するまで、話し相手になっておきましょうか」

彼女と共にリゲル侯爵の前に立つ。

彼は俺たちが、この軍の要職に就いていると気付いたのか、薄汚い笑みを浮かべる。

「おい、そこの二人。……どうだ、私と組む気はないか？　金なら弾むぞ。なにせリゲル侯爵領は巨万の富を築き上げた領地として有名だからなぁ」

「…………」

「…………」

「金だけで不満なら……女はどうだ？　そっちの嬢ちゃんには、とびっきりの男を用意するぞ。なぁ、悪くない条件だろぅ？」

――なんというか。想像通りと言えば想像通りなのだが……予想以上に酷い。

リツィアレイテがゴミを見るような視線を向けている。

何も言わないのは、怒りのあまり言葉すら出てこないからだろう。

彼女の精神状態に悪影響を及ぼすと判断し、俺はそっと彼女の肩に手を置いた。

「――はっ！」

「リツィアレイテ将軍、向こうで兵たちへの指示出しをお願いします。こっちは俺がやりますから」

彼女は申しわけなさそうに頭を下げた。

「気を遣わせてしまって、申し訳ありません」

こんな反省の全く見えない態度を見たら、怒りたくなる気持ちも分かる。

「気にしないでください」

「そう言って頂けると、大変助かります。では、私はこれで」

その場を早く離れたかったのだろう。

彼女は足早に、その場から遠くへ歩いて行った。

「ちっ、あの女……せっかくこの私が高待遇で迎えてやると言っているのに」

——まだ言うか……ここからの大逆転劇など、絶対に起きたりしない。

周囲は既に、特設新鋭軍の兵たちが占領している。

市街地に残された市民たちへの状況説明も、着実に進んでいた。領主の犯した大罪に関しても、周知された。

彼の味方をしたがる者など、この場には皆無だと思う。

「おい、そこの騎士。私の話を聞かんか！」

——ああ、まだ話していたのか。本当に面倒な男だ。

ヴァルトルーネ皇女が到着するまで、彼の無駄話に付き合わなきゃならないのかと思うと、本当にうんざりする。

「はぁ……」

「なんだ、そのため息は……っ！」

「いえ、貴方は少し……自身の置かれた状況を冷静に考えた方がいいと思いますよ」

「私は冷静だ！　この地は、この先も繁栄し続ける！　だからこの手を縛る縄を解いて、私を逃がすのだ！」

――それで冷静、か。それとも、ただの馬鹿なのか。

彼女の到着が待ち遠しい。

遥か遠くにある空に視線をやりながら、俺はリゲル侯爵の戯言を延々と聞かされた。

12

リゲル侯爵の相手をすること十数分。

おびただしい数の足音が聞こえてきた。

これだけの人数が歩いてくるということは、間違いない。

「だから、私の味方となれば未来永劫幸せな暮らしを――！」

未だに話を続けるリゲル侯爵から顔を背け、俺は仕えるべき主君の到着を心から喜んだ。

「お待たせ」

馬から下りたヴァルトルーネ皇女は、多くの兵たちを連れ、ゆっくりとこちらに歩いてくる。そして俺の目の前に立ち、耳元で囁いた。

「ありがとうアルディア。貴方は最高の専属騎士よ」

「――――！」

　肩をピクッと動かした俺を見て、彼女は優しげな微笑みを浮かべる。

　これは本当に何ものにも代え難い褒賞だろう。彼女が喜んでくれたのなら、頑張った甲斐があった。彼女はそのまま、リゲル侯爵の前まで進む。

「悪足掻きが失敗した気分は、いかがかしら？」

「この小娘が……」

「その小娘に、貴方は負けたのよ。リゲル侯爵」

　未だに敗北を認めたくないという顔をしたリゲル侯爵に、彼女は非情な現実を突きつけた。

「ふんっ、お前みたいな未熟者……一人では何もできないくせに」

　挑発を続けるリゲル侯爵に彼女は、深いため息を吐く。

　そしてヴァルトルーネ皇女は、後ろにいる人物に手招きをする。俺は誰なのかを理解していたが、リゲル侯爵は、その仕草を不審そうに観察していた。

「貴方に反省の色が見えなくて良かったわ。これで私も、良心を痛めずに済みそうだもの」

　にこりと笑うヴァルトルーネ皇女。その笑顔の裏にある感情に触れたのか、リゲル侯爵は玉の汗を流した。

　――ようやく危機を察したか……少々遅過ぎる感は否めないが。

「なっ、何をする気だ！」

「私は何もしないわ。貴方の処遇を任せたい人がいるのよ」

彼女はそう告げ、後方にいる一人の男性をリゲル侯爵の前に呼ぶ。

リゲル侯爵の表情は凍りつき、プルプルと震え出した。

「お、おま……お前は……っ!?」

姿を現したのは、彼に大きな恨みを持つファディだった。

「久しぶりですね。……散々世話になったから、そのお返しに来ましたよ」

穏やかな口調。けれども、彼の瞳には何一つとして優しさはなく、ひたすらに残忍な色を宿した瞳だった。

「貴様っ！　私への恩を忘れたのか。金を貸してやっただろうがぁ！」

「恩？　ああ……あり得ないくらい高い利子付きの借金を押し付けられたっけなぁ。お陰で俺の人生は滅茶苦茶(めちゃくちゃ)になるところだったよ」

ファディは恨みの籠った口調で吐き捨てる。

ヴァルトルーネ皇女に出会えなければ、彼の人生は酷いものになっていたはずだ。

「だが、お前はもう借金を返済した。私に恨みなどないはずだろぅ！」

「馬鹿。ヴァルトルーネ様が、俺の借金を肩代わりしてくれたから金を返せたんだ。この方がいらっしゃらなかったら、お前に返済するために、過酷な殺しの仕事を続けていただろうさ」

リゲル侯爵を睨(にら)み、ファディは一本のナイフを投げた。

「……ぶぇぐっ！」

ナイフは見事に、リゲル侯爵の右肩に刺さる。

「痛いか？　だが、お前に人生を狂わされたやつは、もっと辛い思いをしてきたんだ！」

リゲル侯爵は肩を押さえ、今にも泣きそうな顔になる。だがファディは一貫して、冷徹な面持ちを崩さない。

「お前に苦しめられた多くの人たちに代わって、俺がお前に相応しい罰を下してやる。覚悟しろよ」

「ひぃ……!?」

悲鳴が上がったところで、ヴァルトルーネ皇女は満足そうな顔で、踵を返した。

俺の手を取ったのを見るに、後はファディに任せてしまおうということだろう。

彼女の言葉に無言で頷いた後、一瞬だけリゲル侯爵に視線を向けた。

『──助けてくれ！』

そう叫びたそうな情けない顔だった。自分は被害者だとでも言いたげに、口をパクパクと動かしている。

──ただ、彼に助けなんて来ない。

「ファディ。彼の処遇は、貴方に任せるわ……」

「ありがとうございます。ヴァルトルーネ様」

「いいのよ」

本来は生きたまま捕まえた場合、皇帝グロードの下へ連れて行くのが正しい。

けれども、俺たちは死力を尽くして戦った。

――そんな戦いの中で、生け捕りにする余裕が果たしてあったのだろうか。

『やむを得ず、リゲル侯爵を殺してしまった』……なんてことも可能性としてはある。

それが分かっているからこそ、ヴァルトルーネ皇女はわざとらしい口調で告げる。

「さあ、アルディア。私たちは帰りましょう。戦勝を祝わないとね」

「はい」

周囲に恨まれるようなことを、散々行ってきた男に、助けの手は差し伸べられない。

「まっ、待ってくれ。頼む……！　私は無実なのだ。裏事業もただ頼まれただけで、断じて私からやろうと思ったわけではない」

「そうなの？」

「あ、ああ！　皇帝陛下に誓って、そう言える！　だから助けてはくれまいか？」

最後に洗いざらい情報を吐こうとしているみたいだが、全て無駄なことだ。

リゲル侯爵に背を向けたまま、ヴァルトルーネ皇女は心底嬉しそうに笑っている。

「……頼まれた、ね。一体誰にかしら？」

「レ、レシュフェルト王国のやつらにだ！　私は利用されたのだ。助けてくれ。もうこんなことはしないっ！　皇女殿下に全面的な協力をしよう！　皇帝になるための後ろ盾にもなる！　だから、頼む……っ！」

過去のヴァルトルーネ皇女なら、彼のような小悪党であっても、慈悲を与えていたかもしれない。でも今の彼女は……違う。

「リゲル侯爵」

「――――！」

「貴方はこれまで、国のためによく働いてくれたわ」

「……で、では！」

ヴァルトルーネ皇女は満面の笑みを浮かべたまま、澄んだ声で告げる。

「――ええ、ここまで本当にご苦労様でした。貴方の役目はここでお終い、ね？」

希望に満ちた顔をするリゲル侯爵を、彼女の残酷な一言が再び地獄へと突き落とす。彼の顔は一瞬で恐怖に染まった。

「あ……あ、あぁぁぁ〜〜っ!!」

――愚かなことだ。救われる訳がないだろ。

「アルディア、帰還の準備を進めてちょうだい」

「かしこまりました、殿下」

俺たちはリゲル侯爵に背を向ける。

「嫌だ、嫌だ！　待ってくれ、助けてくれ〜！」

「さようなら。その身でこれまで犯してきた罪を償いなさい」

その言葉を最後に、彼はファディの部下に連行されていった。

『ガング＝フォン＝リゲル侯爵』

彼は自領での戦闘を最後に、表舞台から姿を消した。

彼はヴァルトルーネ皇女率いる特設新鋭軍との全面対決の末に、壮絶な戦死を遂げたのだ。それこそが、この戦いにおける変わることのない記録であり、真相だ。

彼は最後まで、リゲル侯爵としての役割を貫き通した。その雄姿だけは賞賛に値する。

それと同時に感謝もしている。

この戦いがなければ、ヴァルトルーネ皇女が名声を得ることはなかった。

だからこそ、これだけは伝えたい。

ヴァルトルーネ皇女の望む未来に必要な礎として、

——大事な踏み台役、大変ご苦労様でした。

「殿下、お疲れ様です」

「ええ。貴方もね」

特設新鋭軍は、リゲル侯爵領からの帰還を始めた。

俺とヴァルトルーネ皇女も、帝都アルダンに戻るために馬車への移動をしていた。

道中は珍しく彼女と二人きり。他の兵たちの同行を彼女が拒否したからだった。

「今日は大変な一日だったわね。貴方も疲れたでしょう？」

「いえ。これくらいなら全然平気です」

――かつての戦場に比べれば、今回の戦いなどぬるま湯のようなものだ。

あの忌々しい戦争の記憶が蘇る。

「アルディア……？」

「すみません。少し考え事をしていました」

「考え事？」

「はい……過去のことを……王国と帝国が戦争をした時のことです」

そう呟くと、彼女は遠くを見つめるような目になっていた。

「そうだったわね。貴方はずっと、あの戦場で戦っていたものね……」

憂いの交じった青い瞳には、過去の戦場が映っているようだった。

この先もっと大きな戦いがある。そう考えると、完全に気を抜くことは難しい。

「不安、なのかしら？」

「殿下には全てお見通しですか……」

俯（うつむ）きながら苦笑いを浮かべると、彼女は俺の手を強く握る。

「そうじゃないわ。私も貴方と同じだもの。……大事なものを失うかもと考える度に、胸が張り裂けそうになる」

王国との戦争は避けられない。

今回の戦いよりも多くの血が流れ、多くの犠牲が出る。

「殿下……」

握られた手を俺は強く握り返す。すると、彼女は頬を真っ赤に染めながら、俺の耳元に顔を近付けた。

「でも、貴方が隣にいてくれると、何も怖くなくなるわ」

「――っ！」

「ふふっ！」

そんなことをされては、平静を保てない。胸の鼓動が速くなるのを感じた。

「……で、殿下。少し、近付き過ぎでは……？」

「そうね。でも……！」

さらに彼女は俺の腕に抱きつくような恰好で、身を寄せてきた。

「――殿下!?」

「今日くらいはいいでしょ？」

そう言って、彼女は俺の胸に頭を押し付ける。彼女の行動の意味が理解できない。どうしてこんなにも距離が近いのだろうか。頭の中は焼けるように熱くなり、思考を回すことができない。

しかし彼女は悪戯っぽく微笑み、さらに強く腕を絡める。

「私の専属騎士なら、こういう時は黙って私の頭を撫でるものよ」

「頭を……ですか？」

俺は言われた通り、ゆっくりと彼女の頭に手を伸ばす。

サラサラした真っ白な髪が手に当たると同時に、彼女は満足げに鼻を鳴らした。

「もういいわ。ありがとう」

「はい……」

そして、すぐ切り替えるように彼女は俺から離れた。

「アルディア、この先も厳しい戦いが続くわ」

「そうですね……」

「でも、私は負けないわ。今度こそ大切なものは全部守るから」

「はい……」

彼女はずっと遠くの方を、力強く見据える。

「……私はもう立ち止まらない！　この帝国の未来を紡ぐために、前に進み続けるわ」

――やはり、彼女は誰よりも強く、気高い。

「次は王国との開戦に向けて、準備を進めるわ。帝国の大切な領地、ディルスト地方は絶対に渡さない！」

彼女はきっと、誰よりも高い理想を掲げ、邁進を続ける。どれだけ傷付こうとも、どれだけ血反吐を吐こうとも、その信念は揺らがない。

俺はそんな彼女を最も近い場所で、支え続ける。

「王国との戦端は、今から二ヶ月後に開かれるんですよね」

「そうよ。あまり猶予がないわ……アルディア。帝国軍との提携を密にして、襲撃に備えなさい」

「はっ！」

先程までの彼女とはまるで表情が違う。

その面持ちは、儚い表情を浮かべる一人の女性ではない。

「今日の一戦は、私が歩む覇道の始まりよ。ここから、全てが始まるの……」

帝国という大国を背負う、勇敢な皇女殿下そのものだった。

「どこまでも、ご一緒します」

「そんなことを言っていいの？　私の隣を歩き続けたら、貴方はきっと傷だらけになってしまうわよ」

彼女は無邪気に笑う。

それが冗談であると分かっているからこそ、俺は彼女の手を再び摑(つか)んだ。

「それくらい分かっております。分かった上で、俺は貴女(あなた)の専属騎士となったのですよ」

「……そうだったわね」

専属騎士となったあの日から、俺の死に場所は彼女の隣であると決めている。

「俺は貴女の隣を誰かに譲る気はありませんん」

「まるで愛の告白ね……」

「そうですね……告白、なのかもしれません」

「――っ!?」

顔を真っ赤に染め上げ、言葉を出せなくなった彼女は、誰よりも愛らしく、今後も守り続けたいと思えるような人だ。

だからこそ、からかいたくもなってしまう。

「なんて……ほんの冗談です」

「ふぇ――!?」

「専属騎士が皇女殿下に恋慕するなんて、世間は許してくれませんよ」

そう、恋なんかじゃない。これは恋なんかよりももっと重く、深い繋(つな)がりだ。

「アルディア……貴方(あなた)、私をからかったわね？」

「殿下が可愛いのが悪いのです」

「それも冗談なのかしら？」

「何をおっしゃっているのですか？　本心に決まっております」

「――っもう！　不意打ちはもっと卑怯よ！」

「申し訳ありません。つい……」

「アルディアの馬鹿……罰として、今日は私が眠るまでそばを離れちゃダメだから」

頬を膨らませた彼女は、俺の手を強く引いた。

「殿下……」

「ん？」

「この手は絶対に、離さないでくださいね」

手に伝わる温もりから、彼女の存在をはっきりと感じる。一度は失った優しき皇女殿下の生きている証が、俺に『強くなれ』と訴えかけているようだった。

だから俺は帝国ルートで彼女の隣に立ち、彼女の前に立ちはだかる敵を排除し続ける。

彼女の幸せが未来永劫、絶やされないように――

あとがき

こんにちは、毎日現実逃避してる系ラノベ作家の相模優斗です……どうも。

このたびは『反逆者として王国で処刑された隠れ最強騎士』一巻のご購入、まことにありがとうございます！　コミカライズ企画も進行しているということで、そちらの方も楽しみにしていただければと思います！（自分も超超楽しみです！）

本作は自身二作目となるｗｅｂ版からの書籍化作品です。それから初の文庫本、漫画化作品です！『なんか本当にラノベ作家っぽいじゃん……！』と浮かれていた頃が今では懐かしい……（笑）

本作の書籍作業を通して、自身の未熟さを実感することが多々ありました。担当編集さんには、今回すっごい面倒を見て頂いて、本当に感謝で一杯です。次からはもっとしっかりやれるように頑張りますね！

それからイラストを担当していただいたＧｒｅｅＮさん。お忙しい中ありがとうございます！　主人公のアルディアであったり、ヒロインのヴァルトルーネだったりと、自分が想像していたよりキャラがずっと魅力的で、すっごい感動しました！　これからもよろしくお願いします！

本作は異世界戦記物の作品です。バトル描写多めになっているかと思いますが、書籍版では恋愛描写なども可能な限り取り入れました。『いや恋愛経験とか全然ないし、恋愛描写って、どう書けばいいのかわけわからんなぁ……』と頭を悩ませながら頑張ったので、楽しんでいただけると嬉しいです！　それから、主人公のアルディアが同級生と仲良く会話するシーンは、作者の願望が存分に入り込んだなぁと感じています。『ああ、自分もキラキラした学生生活が送りたかったなぁ……』とか『大学入ったけど交友関係狭いままだったなぁ……』とか、楽しい青春送りたかったなぁなんて思ったりしてます……（笑）

こんな感じで寂しい学生生活を送っている作者は超インドア派です。外に出たとしても大学に行くか、バイト先に行くか……みたいな、限界生活圏でくるくる行き来してる系のおうち大好き人間です。だから異世界ファンタジーの主人公みたいに、あちこち足を運ぶこともありませんし、当然休日に遊ぶ友達なんかもおらずという感じで……（笑）

そんな自分でも、小説の中でならキラキラした理想的な世界を描いてこれたなと……個人的にですが感じています。そして好きなことをしていられる今が、自分にとって一番幸せな時間であると断言できます！　褒めてくれる方とかもいますしね……へへ（笑）

まあつまり、今回の書籍発売は死ぬほど嬉しいってことをお伝えしたかったんです。ありがとうありがとう……日々の荒んだ心が満たされていく感じがします……（笑）

では『あとがき』はこれくらいにして……また二巻で、皆さまと会えることを切に願っております……願っておりますよ！（圧

相模　優斗

作品のご感想、
ファンレターをお待ちしています

あて先
〒141-0031
東京都品川区西五反田 8-1-5 五反田光和ビル4階
オーバーラップ文庫編集部
「相模優斗」先生係／「GreeN」先生係

反逆者として王国で処刑された 隠れ最強騎士 1
蘇った真の実力者は帝国ルートで英雄となる

発　　行　2023年2月25日　初版第一刷発行

著　　者　相模優斗
発 行 者　永田勝治
発 行 所　株式会社オーバーラップ
〒141-0031　東京都品川区西五反田 8-1-5
校正・DTP　株式会社鷗来堂
印刷・製本　大日本印刷株式会社

Printed in Japan　ISBN 978-4-8240-0410-9 C0193

オーバーラップ　カスタマーサポート
電話：03-6219-0850／受付時間 10:00〜18:00（土日祝日をのぞく）